南宮匠人

남궁장인

⑤

신현재 신무협 장편소설

ORIENTAL FANTASY STORY & ADVENTURE

dream
books
드림북스

남궁장인 5

초판 1쇄 인쇄 2016년 9월 2일
초판 1쇄 발행 2016년 9월 12일

지은이 신현재
발행인 오영배
기획 박성인
책임편집 편집부
제작 조하늬

펴낸곳 (주)삼양출판사 · 드림북스
주소 서울시 강북구 도봉로 173
대표 전화 02-980-2112 팩스 02-983-0660
편집부 전화 02-980-2116 팩스 02-983-8201
블로그 blog.naver.com/dreambookss
출판등록 1999년 3월 11일 제9-00046호

ISBN 979-11-313-0680-2 (04810) / 979-11-313-0600-0 (세트)

드림북스는 (주)삼양출판사의 판타지 · 무협 문학 브랜드입니다.

남궁
장인

南宮
匠人

신현재 신무협 장편소설

ORIENTAL FANTASY STORY & ADVENTURE

5

dream
books
드림북스

목 차

南宮匠人

第一章
무림맹 비무대회,
예선!

　남궁혁은 느리지도, 그러나 빠르지도 않은 걸음으로 주루를 빠져나갔다.

　표정은 평온했으나 속으로는 가시지 않은 짜증이 들끓었다.

　아니, 저딴 저열한 녀석이 차기 제일인 후보라고? 정파에서 가장 선망 받는다더니. 배포가 넓다는 놈이 저따위라니 다들 눈이 있는 거야 없는 거야?

　"어처구니가 없군."

　남궁혁은 혀를 차면서 도로에 접어들었다. 기껏 차려입고 나왔는데 기분이 엉망이었다.

그래도 무시할 수준의 실력은 아니었다. 술잔을 여유롭게 받아쳐 내고 역공까지 해 주고 왔지만 그건 어디까지나 당경민의 수많은 암기술 중 하나.

　주력으로 삼는 무기와 상황, 거기에 독까지 결부되면 정말 만만치 않은 상대가 될 것은 확실했다.

　그래, 마치 팽천룡처럼.

　"남궁 공자!"

　뒤에서 누군가 뒤따라 나오는 소리가 들렸다. 달빛처럼 화사한 얼굴의 미공자, 은태림이 따라오고 있었다.

　저 자가 무슨 일이지? 어쨌든 다가오는 몸짓에 이렇다 할 악의나 살의가 느껴지는 것은 아니어서 남궁혁은 걸음을 멈췄다.

　"무슨 일입니까?"

　남궁혁은 내심 그가 당경민의 실책을 사죄하러 온 게 아닌가 싶었다. 그도 신무회의 정회원이고, 아마 매화전장의 후계자라는 위치 상 신무회의 부관 같은 걸 맡고 있을 테니까.

　은태림은 남궁혁의 앞에 멈춰 서 가볍게 포권을 취하며 웃었다.

　"같이 술이나 한잔하러 가자고 불렀습니다. 아까 그 자리는 마실 만한 술이 없었잖아요?"

　"그건 그렇지만. 우리가 함께 자리를 해야 할 이유도 딱히 모르겠는데요."

원래 이 자리에 나온 건 유력 가문의 사람들과 친분을 쌓아 두기 위해서였지만, 당경민 때문에 일은 짜증이 아직 가시지 않은 남궁혁이었다.

또 술자리에 끌고 가 무슨 얘기를 하려고 하는지. 아무리 진하를 구해 준 은인이라지만 녀석도 어차피 똑같은 강호 구룡의 일원이 아닌가.

그러나 남궁혁의 예상은 시원스레 빗나갔다.

"너무 까칠하시네. 남궁 공자가 만든 맛있는 안줏거리를 같이 씹을 생각에 신이 나서 뒤따라왔는데요."

맛있는 안줏거리라 함은 두말할 것도 없이 술 세례를 받은 당경민을 일컬음이었다.

강호 구룡 내에서도 파벌이란 게 있는 건지. 아무튼 서로를 마냥 좋게만 보는 건 아닌 모양이었다.

"남자와 단둘이 술 마시는 취미는 없습니다."

"누가 단둘이래요? 아까부터 소협이랑 얘기를 나누고 싶어서 안절부절못하는 녀석도 있는데."

은태림이 주루 지붕 한쪽을 가리켰다. 남궁혁은 그제야 그곳에 있는 한 사람의 기척을 느꼈다.

순간 식은땀이 흘렀다. 아무리 당경민에 대한 짜증으로 주변에 신경을 못 쓰고 있었다지만 있는 것을 전혀 눈치 채지 못할 정도의 은신이라니.

"천룡. 그만 내려오지 그래?"

은태림의 말에 푸른 무복의 인영이 주루 위에서 훌쩍 뛰어내렸다. 손에는 술병 하나를 들고 있었지만 전혀 취한 기색은 보이지 않았다.

"자아, 이제 사내 셋이서 술을 마시며 우애를 다져보는 취미를 만들어 보는 건 어떻습니까, 남궁 소협?"

남궁혁은 은태림과 팽천룡을 번갈아 보았다. 확실히 그 둘의 태도에서 적대감 같은 건 느껴지지 않았다. 물론 아까 당경민도 처음에는 그랬지만.

그래도 진하의 일도 있고, 은태림은 모르겠지만 팽천룡은 왠지 괜찮은 녀석이라는 느낌이 들었다.

녀석의 도와 한 합을 겨루었을 때 느낌이 그랬다. '만만치 않다' 라는 느낌과 함께 저도 모르게 입가에 웃음이 났다.

도의 울림도 좋았다. 주인을 잘 만난 명도(名刀)가 시원스러운 소리를 냈었다. 녀석들이라면 친분을 나눠 볼 만하지 않을까?

"좋습니다. 적당한 곳으로 가지요."

"아는 데가 있습니까?"

"쓸 만한 곳이 있죠."

남궁혁이 먼저 앞장서자 은태림은 내심 놀라며 뒤를 따

랐다.

　무림맹에는 처음 온 것으로 알고 있는데, 마치 오래 다닌 단골 주루라도 있는 몸짓이었다.

　매화전장과 하북 팽가의 후계자라는 두 명문가의 자제들을 과연 어디로 데려갈까?

　은태림은 흥미진진한 얼굴이었다. 그 옆에서 팽천룡이 빈 술병을 든 채 함께 걸었다.

　남궁혁은 한 곳에 들어가 자리를 잡지 않았다.

　은전주루에서 매사화주를, 태전객잔에서 홍소두부와 전가복을, 반가객잔에서 소룡포 여러 개를 대나무 그릇에 포장한 후, 마지막으로 허름한 뒷골목에서 이름 모를 술과 술잔까지 챙긴 남궁혁은 또 어디론가 움직였다.

　'대체 어딜 가려고 그러는 거지?'

　은태림은 얼떨결에 받아 든 음식 그릇들을 양손에 든 채 남궁혁을 따라갈 수밖에 없었다.

　다 마신 술병을 버리고 새 술병 여럿을 든 팽천룡도 대체 어디로 가는지 의아한 얼굴로 눈을 끔뻑거렸다.

　"슬슬 가 볼까요?"

　"어딜 말입니까?"

　"그야 술 마실 자리죠."

　남궁혁은 그 자리에서 발을 굴러 바로 옆에 있던 집의 지붕 위로 올라갔다.

팽천룡과 은태림도 손에 든 것들을 조심하며 바로 신형을 날렸다.

그들은 한참이나 무림맹의 밤하늘을 휘휘 날아다녔다.

이까짓 전각 지붕이나 담 몇 개를 넘는 것이야 그들에게는 별로 어렵지 않은 일이었지만, 대체 어딜 가려고 이렇게까지 귀찮게 움직인단 말인가?

"저깁니다."

둘의 시선을 느꼈는지 남궁혁이 도착 지점을 손가락으로 가리켰다.

그가 가리킨 것은 인무문 밖에 있는 이름 모를 성벽이었다.

그들은 재차 날아올라 그 성벽 위에 발을 디뎠다. 관리는 하는 것 같았지만 아무도 경비를 서고 있지 않았다.

은태림은 이런 곳이 있었나 하는 얼굴로 성벽 위를 두리번거렸다.

무림맹에는 제법 자주 왔지만 구석진 곳에 이런 게 있는 줄은 몰랐다.

언덕 위에 세워진 거라 지대가 높아서 인무문 안쪽이 한눈에 들어온다는 것을 빼고는 한쪽이 무너져 내려 성벽으로서의 구실도 제대로 못하고, 그렇다고 풍광이 썩 수려한 것도 아닌 곳인데. 남궁혁은 왜 여기로 데려온 걸까.

"앉죠."

남궁혁이 적당한 자리를 골라 음식을 내려놓았다. 은태림과 팽천룡은 일단 엉거주춤 앉았다. 자기들이 제안한 술자리인데 장소가 왜 이러냐고 파투를 놓을 순 없으니까.

"왜 이런 시답잖은 데로 데려왔냐는 얼굴이네요."

남궁혁이 각 잔에 술을 채우며 말했다. 팽천룡이 고개를 끄덕였다.

"뭔가 이유가 있다면 설명을 부탁한다."

"맞습니다. 딱히 아는 곳이 없었더라면 매화 전장이 운영하고 있는 주루의 최상층을 갈 수도 있었는데."

취향이 고급스러운 은태림은 약간의 불만을 표시하며 남궁혁이 건네는 잔을 받았다.

"두 소협께서는 협이 무어라 생각하나요?"

뚱딴지같은 질문이었다. 남궁혁은 제 잔을 채운 후, 성벽너머로 보이는 시끌벅적한 인무문의 야경을 바라보며 말을 이었다.

"이 늦은 밤까지 안심하고 장사를 하는 이들을 보세요. 웃으며 거리를 돌아다니는 소저들과 느긋하게 밤을 즐기는 사내들을. 이 평화로운 모습이야말로 도화능원보다 아름다운 모습이 아니겠습니까."

"그리고 이런 모습을 만들어 내는 것이야말로 협이다, 그렇게 말하는 거군."

팽천룡이 남궁혁의 말을 받았다. 남궁혁이 빙긋 웃었다.

"원래 이 성벽은 무림의 것이 아니라 관의 것이었어요. 하지만 정사대전이 민간에게까지 피해를 입히자 관의 병사들은 사람들을 버리고 달아났죠."

이건 남궁혁이 처음 무림맹에 왔을 때 그를 환영해 주던 어떤 무인이 해 준 얘기였다.

"그랬던 걸 무림사성이 정파의 연합을 이루어 여기서 사도맹을 막아 냈어요. 그때 사도맹은 민간인도 가리지 않고 약탈을 했으니, 안 그랬다면 지금의 저 평화로운 정경은 없었겠죠."

그리고 앞으로도.

정마대전이 가시화된다면 무림맹은 대항의 축을 맡게 된다.

무림맹이 어떻게 하느냐에 따라 이전 생처럼 이곳 대파산까지 피로 물들거나, 아니면 최소한의 희생만 치른 채 그들을 막을 수 있을 것이다.

정말 운이 좋다면 철저한 방비로 마교가 중원을 침범할 엄두조차 내지 못하게 만들 수 있을 것이다.

"과연 그런 것이군."

"그런 뜻이라면 이해하겠습니다. 정말 어느 절경과도 비교하지 못할 아름다운 모습이군요."

어찌 들으면 궤변에 불과할 얘기를 꺼낸 이유가 바로 이 거였다.

남궁혁은 이들이 자신과 생각을 같이 하는 부류인지 알고 싶었다.

"협이 무엇이냐고 물은 이유도 이해가 간다. 이런 모습을 지키는 것이 바로 협이라 말하는 거겠지?"

"맞습니다."

남궁혁이 미소 지었다. 뜻이 통하는 이를 만난다는 건 언제나 좋은 일이다. 은태림도 동의한다는 듯 고개를 끄덕였다.

매사화주의 달큰한 냄새가 밤공기 사이로 퍼져 나갔다. 마치 매화와 사과 꽃이 핀 언덕에 앉아 있는 기분이었다.

"그런데 왜 자꾸 반말이십니까, 팽 소협?"

"불만이면 너도 말을 놔라. 몇 살 차이나지 않는 것으로 알고 있다."

"천룡의 동생인 천택이 남궁 소협과 동갑이니, 엄밀히 말하면 소협이 우리 중에 제일 막내입니다. 하하."

남궁혁의 웃는 얼굴아 살짝 어그러졌다. 저 녀석이 내 형이라니? 이전 생과 현 생의 삶을 합하면 팽천룡만 한 손자가 있어도 이상하지 않을 나이인 것을!

"어차피 무림에서 나이를 따지는 것은 무의미하다. 무인이라면 실력으로 말하는 법."

"그래서 지금 제가 팽 소협에게 반말이나 들을 실력이라 이겁니까?"

"자자, 술을 앞에 두고 왜 다들 언성을 높입니까."

은태림이 빈손을 휘저으며 분위기를 환기시켰다. 아무래도 이런 일에 익숙한 모양새였다.

"죄송합니다, 남궁 소협. 이 녀석은 원래 자기가 인정한 사람한테만 이런 식으로 말을 해서요."

"그래도 그렇지—"

"뭐, 실력을 인정해도 마음에 안 드는 자하고는 말도 안 섞습니다. 예를 들면 당 회주라던가."

은태림이 이렇게까지 말하니 남궁혁은 할 말이 없어졌다. 인정의 증거가 반말이라니. 그래도 불쾌한 건 불쾌한 거라 남궁혁의 얼굴은 도통 펴질 줄을 몰랐다.

은태림이 분위기를 파악하고 슬며시 제안을 했다.

"자 그러면 이렇게 하죠. 우리 모두 비슷한 연배이니 편하게 말을 놓는 건 어떻습니까?"

남궁혁은 답 없이 술잔만 빙글 돌렸다. 팽천룡이 그 모습을 힐끗 보았다.

"불만이 많은가 보군."

"말을 놓자는 제안 자체는 불만이 없어요. 처음부터 무례하게 군 당신이 불만인 겁니다."

"그렇다면 사과하지."

이번에는 은태림이 놀랄 차례였다. 팽천룡이 사과라니.

팽가의 후계자로 자신이 생각하는 도리에 맞지 않으면 가주에게조차 고개를 꺾지 않는 그 팽천룡이!

매화전장의 후계자로서 온갖 거친 일까지 보고 자란 은태림이지만 지금 상황은 놀라지 않을 수 없었다.

꼿꼿하기 짝이 없는 정파의 정도(正刀) 팽천룡과 유연하지만 곧기로 따지자면 그 못지않은 신예 남궁혁의 만남은 의외의 조화를 이루고 있었다.

사과를 받은 남궁혁도 조금 얼떨떨한 표정을 짓더니 이내 고개를 끄덕이곤 잔을 들었다.

"그러면 말을 놓는 데 합의한 걸로 알겠어."

"좋다."

"아아, 나도 끼워 달라고."

세 남자가 잔을 높이 들었다. 잠깐 기분 나쁜 일이 있긴 했지만 오히려 시원스레 사과하고 넘어가니 눈앞의 녀석들이 더욱 마음에 들었다.

자고로 남자라면 이래야지. 아까의 당경민처럼 쪼잔하게 굴 게 아니라.

차라리 처음부터 당경민이 자신을 적대했다면 남궁혁도 이해하고 넘어갔으리라.

세 명이 잔을 높게 들어 올렸다가 단숨에 들이켰다.

잘 말린 매화 꽃잎과 사과 꽃잎, 그리고 매실과 사과를 섞어 만든 매사화주는 향만큼이나 맛도 향기로웠다.

술이 한 순배 돌았으니 이제 안주를 먹을 차례였다.

은태림은 남궁혁이 거리 곳곳을 돌며 포장한 음식들을 보곤 하나씩 젓가락을 갖다 댔다.

"호오, 이 맛은—!"

"맛있지?"

남궁혁이 회심의 미소를 지어 보였다. 은태림은 소룡포를 입에 문 채 고개를 끄덕거렸다. 소룡포야 흔하디흔한 음식이지만 입 안 가득 퍼지는 풍부한 육즙은 예사 솜씨가 아니었다.

게다가 홍소두부와 전가복도 고급 주루의 그것과 비견될 만한 맛이었다.

이 맛보다 더욱 놀라운 것은 가격!

남궁혁이 이 음식들을 계산하는 데 은 한 냥을 다 쓰지 않았던 것을 옆에서 봤기에 은태림의 놀라움은 더욱 컸다.

"내가 이 대파산 인근엔 어릴 적부터 자주 왔는데, 이런 맛있는 객잔이 있는지는 몰랐네. 그것도 이렇게 싸다니."

"신기하군."

은태림은 물론이고 팽천룡의 젓가락도 바쁘게 움직였다.

남궁혁은 어깨를 으쓱하며 소룡포 하나를 입에 넣었다. 역시 권가 할매의 소룡포는 중원 제일이었다.

아무리 두 청년이 무림맹에 자주 와 봤다 한들, 이전 생에서 무림맹의 일원으로 일했던 남궁혁만큼 이 일대를 잘 알겠는가.

당시의 기억을 되살려 저렴한 맛집을 탈탈 턴 보람이 있었다.

"이렇게 뜻이 통하는 이들과 맛좋은 음식에 술까지 함께 하니 이보다 더 좋을 수가 없군. 근데 혁이는 썩 표정이 개운치가 않네?"

말을 놓자고 했더니 순식간에 십년지기처럼 말하는 은태림이다.

어쩌면 이 녀석의 매력은 저 반질반질한 얼굴이 아니라 이 격 없는 소탈함일지도.

"팽천택 때문에. 옥 누님의 일도 있고."

남궁혁은 소룡포를 삼키곤 답했다.

두 사람이 남궁옥에게 청혼한 거야 그렇다 쳐도, 은원관계가 있는 집안의 사람과 마냥 편해지긴 어렵지 않나.

"흐음, 남궁세가주께서 방계 사위를 들일 생각이 있다는 소문이 사실인가 보네."

"넌 대체 그런 사실을 어떻게 알고 있는 거야?"

"여러 듣는 귀가 있지. 태안상단의 문권열이 홧병으로 앓아누웠다는 얘기도 있다 보니."

매화전장의 후계자라서인지 은태림은 무림의 소문에 무척 밝은 모양이었다.

아니면 그저 소문을 좋아하는 그의 성향이던가.

"그거라면 난 신경 안 써도 돼. 그거야 무림 십세 간에 으레 있는 의례적인 혼담인걸. 천룡은 좀 생각이 다르겠지만."

그의 말에 남궁혁이 팽천룡을 돌아보았다. 설마 이쪽은 진심인가?

그렇다면 팽천룡을 부담스럽게 느껴지는 것도 당연한 셈이다.

남궁혁이 팽천룡을 빤히 바라보자 그가 입을 열었다.

"남궁 소저를 사모하는 건 사실이다. 그러나 혼담을 받아들이냐 마느냐는 그녀의 선택. 고작 그 때문에 앙심을 품는 소인배는 아니니 그 때문에 저어하지 않아도 된다."

"무한에서의 일은? 정말 아무렇지도 않아? 아우가 나한테 면박을 당했는데."

"그것은 천택이의 일일 뿐이다."

팽천룡은 무표정하게 제 잔에 술을 따르며 말했다.

"잘못을 저지른 것도 아우요, 그에 대한 사죄 또한 아우가 직접 할 것이다. 안 그래도 그 말을 전하려 했다."

이건 또 의외였다.

보통 오대세가는 가문 내 구성원들끼리 정이 끈끈하기로 유명하다.

때문에 가문의 일원이 저지른 잘못은 가문 자체적으로 사과를 하고, 일원이 은혜를 입으면 가문 차원에서 보답을 하기도 한다.

무림 문파나 세가라면 응당 그러한 면모를 보이긴 하지만, 특히나 오대세가의 결속력은 말로 할 필요가 없을 정도였다.

그들에게는 그만한 힘이 있으니까. 때문에 팽천택처럼 오만방자한 녀석이 한 지역을 휘둘러도 다들 아무 말 못하고 가만히 당하고만 있는 것이다.

"내가 알고 있는 팽가답지 않은데. 이래 놓고 당경민처럼 뒤통수를 치려는 건 아니지?"

"본가를 모욕하지 마라."

팽천룡의 번뜩이는 눈빛을 봐선 그 말이 진심임은 분명해 보였다.

"무한의 일은 가문의 일이기도 하지만, 천택이가 직접 반성하고 사죄하지 않으면 진짜 사과라고 할 수 없는 일이었다. 본가에서도 이미 조사를 마쳤고, 천택이는 삼 년간 수련동에 들어가게 되었다. 녀석이 반성을 마치고 나오면 남궁장인가에도 직접 들러 그때의 폐를 사죄할 거다."

"실은 팽가에서도 난리가 났지만, 그렇게 해야 명문 정파답다고 한 게 천룡이라서. 좀 이상해 보이긴 하지."

은태림이 가볍게 거들었다. 팽천룡 저 녀석은 아무래도 은태림이 옆에 없으면 오해 사기 딱 좋은 성격이다.

이상해 보이는 건 사실이지만 팽천룡의 말도 일리가 있었다.

본인의 잘못은 본인이 직접 사과를 해야 한다. 아무리 가문 차원에서 사죄를 한다고 해도 그건 진정한 사과가 아니니까.

남궁혁의 입장에서야 팽천택의 복수를 하겠다고 이를 갈지 않는 것만으로도 고마웠지만.

"그렇다면 삼 년 후 녀석의 사과를 기다리도록 하지."

남궁혁이 어깨를 으쓱이며 답하는 것으로 팽천택에 대한 얘기는 마무리됐다.

어째 보면 볼수록 마음에 드는 녀석들이었다.

사실 당경민만큼 자신을 무시해도 이상하지 않을 정도의 명문가 자제들인데.

은태림은 겉보기와는 달리 소탈하면서도 예의를 잃지 않

고, 팽천룡은 과묵한 대신 정파 자제다운 공정함과 뒤끝 없는 성격을 갖췄다.

강호 구룡으로 뽑힐 만한 실력과 그 뒷배를 생각한다면 저 나이 또래에 만나 보기 힘든 인물들임은 틀림없다.

세 사람은 한동안 주거니 받거니 하며 무림의 정세나 현 정파인들의 무사안일주의에 대해 논했다.

얘기를 나누면 나눌수록 남궁혁은 이 자리에 온 것이 만족스러웠다.

다른 두 사람도 남궁혁과 같은 생각인지, 은태림은 점점 수다스러울 정도로 말이 많아졌고 팽천룡은 그 과묵한 얼굴에 옅은 미소까지 띠었다.

"참 아쉽네. 여기에 빙매화 소연우처럼 의롭고 아름다운 소저 한 분만 계셨으면 우리를 새로운 사성이라 부를 만도 한데."

마음이 잘 맞는 친우를 사귀었다는 기쁨에 은태림이 사성의 이름을 언급했을 때였다.

"저를 찾으셨나요?"

사락사락 옷자락이 스치는 소리와 함께 제갈화영이 모습을 드러냈다.

"제갈 소저!"

"여협께서 여긴 어떻게 아시고⋯⋯."

"호호호. 제 별호가 천기신녀라는 걸 잊으신 건 아니겠지요? 소협들 옆에 제 자리가 하나쯤 있을 것 같아서 찾아왔답니다."

제갈화영은 특유의 여유로운 미소와 함께 남궁혁의 옆자리에 살포시 앉았다.

남궁혁이 신무회를 떠나자마자 그 종적을 찾기 위해 인무문 안에 있는 온갖 제갈가의 사람들을 총동원 해 그들의 행적을 뒤쫓았다는 티는 전혀 나지 않는 미소였다.

은태림과 팽천룡은 이 갑작스러운 방문에 조금 놀란 얼굴이었지만 그녀가 이 자리에 적합하다고 생각하는 듯 별말을 하지 않았다.

남궁혁은 웃으며 그녀를 맞이하고는 아차, 하는 표정을 지었다.

"어쩌죠? 잔이 하나 부족한데."

"그럴 줄 알고 미리 제 잔을 가져왔지요."

제갈화영이 품 안에서 고운 백자 술잔 하나를 꺼내었다.

"그러면 사람도 다 왔겠다, 이제 그만 그 시커먼 병을 따는 게 어때?"

은태림이 남궁혁의 옆에 있는 이름 없는 병을 가리켰다.

지금까지 맛본 술과 안주 전부 맛이 좋았으니 저것도 분명 보통 물건은 아닐 것 같았다.

"좋아. 제갈 소저도 오셨으니 이걸 따 볼까?"

남궁혁이 호기롭게 검은 술병의 마개를 땄다. 작은 주둥이 사이로 흘러나오는 감미로운 주향이 순식간에 주변을 감쌌다.

은태림은 저도 모르게 코를 벌름거리며 지금까지 마셨던 매사화주와도 비교할 수 없는 달큰한 향을 함빡 들이마셨다.

"대체 어떤 술이지?"

팽천룡과 제갈화영도 흥미를 보였다. 명문가의 자제들로서 온갖 귀한 주류를 섭렵한 그들로도 처음 맡는 향이었다.

"그 옛날, 무림사성이 사도맹을 물리친 후 이 대파산에 무림맹의 문파들을 상징하는 여러 과실수를 심었어. 거기서 열리는 각종 열매를 따 담근 술이지. 한때는 이걸로 무림맹의 창건을 축하하기도 했지만, 워낙 손이 많이 가고 일 년 내내 재료를 모아야 해서 이제는 만드는 곳도 거의 없는 술이야."

이 또한 남궁혁이 이전 생에 무림맹 내에 있을 때 알게 된 정보였다.

남궁혁이 각 잔에 술을 따르자 마치 황금을 녹인 듯 부드러운 금빛의 액체가 잔을 채웠다.

"뜻있는 사람들과의 자리를 축하하기엔 더없이 좋은 술이군."

"이런 자리가 될 거라고 생각하고 챙긴 건 아니지만."

네 사람의 잔이 높이 들어 올려지고, 서로 반짝이는 눈빛을 교환했다.

말하지 않아도 이 자리에 있는 모두가 무림의 미래에 대해 한뜻을 갖고 있음을 느낄 수 있었다.

자라 온 환경이 다르고 세부적으로는 다른 의견을 갖고 있을지도 모르지만, 궁극적으로는 하나의 뜻.

'의와 협이 이루어질 수 있는 세상.'

네 사람의 술이 각자의 입으로 흘러 들어가고, 달큰하고 고급스러운 맛에 감탄이 터져 나왔다.

안주와 술을 비워 가면서 네 사람이 무림의 현안에 대해 깊은 토론을 나누는 동안 밤은 점점 깊어져 갔다.

그 시각.

신무회의 회합이 어설프게 흐지부지된 그 주루의 최상층. 한 청년이 창문 밖으로 젊은 후기지수들의 모임을 지켜보며 비웃음을 짓고 있었다.

"좋을 때군."

"며칠 후면 저 모습들이 경악과 절망으로 물들 것입니다."

뒤에 시립해 있던 사내가 청년의 말에 제 말을 덧붙였다. 그들의 입가에는 비릿한 미소가 떠올라 있었다.

"일은 어찌 되어 가고 있지?"

"차질 없이 진행되어 가고 있습니다."

"무림맹 내에서 눈치챈 자는 없는가? 특히 제갈민을 주의해야 해. 그 자의 후각에 걸린다면 이번 일은 수포로 돌아갈 걸세."

"이번 비무 대회의 규모를 키운 것이 주효했습니다. 이대 상단을 통해 들어간 자금이며 몰려든 참가자 때문에 제갈민은 다른 데 신경 쓸 여유가 없는 모양이더군요."

"하찮은 전술이라 생각했건만. 마뇌 그 작자가 아직은 쓸모가 있는 모양이군."

청년은 탐탁잖은 얼굴로 마교의 군사인 마뇌를 입에 올렸다. 그러고는 문득 생각났다는 듯 다른 것에 대해 물었다.

"혹 천마신녀의 행방에 대해 들어온 정보가 있는가?"

"주 소저에 대해서는 계속해서 수소문하고 있지만 이렇다 할 정보가 들어오지는 않았습니다."

다소 기대를 하고 있었는지 청년의 얼굴에는 씁쓸함이 스쳐 지나갔다.

"하긴. 그 마녀가 이렇게 쉽게 발견될 거였다면 그토록 본교의 속을 썩이지도 않았겠지."

사내는 청년의 목소리에 담긴 아쉬움이 제 탓인 마냥 고개를 푹 수그렸다.

"하지만 아무리 중원으로 도망친다고 해도 본교의 재림을 막을 수는 없지. 주아흔은 본교의 품으로 돌아오게 될 거다. 그리고 이번 무림맹 비무 대회가 그 계기가 될 것이야"

청년은 거칠게 주루의 창문을 닫았다. 거리에는 하나둘 불이 꺼지고 대파산에는 어둠이 자리 잡기 시작했다.

*　　*　　*

"오라버니, 일어나! 벌써 아침이라구!"

진우는 자신을 격하게 흔드는 진하에 의해 겨우 눈을 떴다.

아침이라니. 벌써?

믿을 수 없는 말에 진우는 후다닥 이불을 젖히고 몸을 일으켰다. 정말 창밖은 훤히 밝아 있었다.

진하는 아직 정신이 없어 보이는 진우를 보며 혀를 찼다.

"나 참. 어쩐지 어제 아저씨들이랑 너무 오래 마시더라. 어서 준비해. 사부님은 벌써 나가셨다고."

진하는 핀잔을 주면서도 정성껏 타 온 꿀물 한 그릇을 내밀었다.

얼떨떨한 얼굴을 한 채로 시원한 꿀물을 받아 마신 진우는 어젯밤을 떠올렸다.

원래 진우는 어릴 때부터 새벽 물 긷기가 습관이 되어 있어서 무슨 일이 있어도 해가 뜨지 않은 밤중에 눈을 뜨곤 했다.

물 긷는 일이 없으면 대장간의 화로를 살피거나 내가기공을 수련하는 등 다른 일을 했지, 늦잠을 자는 일은 없었다.

그런데 늦잠이라니. 어제 남궁혁이 밤늦도록 돌아오지 않자, 심심해진 기린대원들이 술판을 벌인 게 문제였을까.

술판이라고 해 봤자 비무 대회에 참가하는 대원들은 몸을 아낀다며 한두 잔 마시는 정도에 불과했다.

대신 그 많은 술을 진우가 다 마셔 버렸다.

자신들이 못 마시니까 이참에 술을 배우라며 진우에게 잔뜩 술을 먹인 것이다.

물론 애가 주체를 못할 정도로 권한 기린대도 기린대지만, 세가 내에서는 술을 마실 만한 여유가 없었던 진우가 술에 대한 호기심을 이기지 못한 게 컸다.

"서두르십시오, 진우 소협. 대체 이 시간까지 준비도 안 하고 뭘 한 겁니까?"

언제 온 건지 제갈화천이 팔짱을 끼고 마뜩잖다는 얼굴로 진우를 보고 있었다.

"제갈 소협은 이 시간부터 웬일이십니까?"

"누님과 남궁 소협은 벌써 비무장으로 가서 할 일이 없거든요. 남궁 소협에게 여러분이 길을 잃을지도 모르니 길 안내 좀 부탁한다는 말도 들었고."

어제 진하가 길을 잃은 것 때문에 남궁혁이 특별히 부탁을 한 모양이었다.

어린 꼬마 시절부터 무림맹에 와 본 데다가, 무림맹 또한 진법에 따라 건물이 배치되어 있는 터라 이보다 더 좋은 길 안내자를 구하기는 쉽지 않을 터였다.

게다가 아무리 어리다 해도 차기 제갈가주와 함께 다닌다면 쓸데없는 시비에 휘말리진 않을 테니까.

진우는 서둘러 준비를 마치고 진하, 제갈화천과 함께 청운당을 나섰다.

"오라버니 때문에 늦었잖아. 자리가 없으면 어떡할 거야? 사부님의 멋진 모습을 봐야 하는데."

"걱정 마십시오, 진하 소저. 비무대에는 각 대문파를 위한 특별석이 있으니까요. 시작하기 전에 어서 가죠."

제갈화천이 당당하게 길을 안내하고, 진우와 진하 남매는 그를 따랐다.

비무장으로 가는 길은 번잡했다.

역대급 규모의 행사라더니 참가자 외에 일반인들까지 들어온 모양이었다.

덕분에 세 사람은 구름같이 몰려든 사람들 사이를 겨우겨우 헤치고 지나갔다.

"거의 축제 분위기네."

"여기 사는 사람들에게는 축제겠지. 저기 먹을 것도 판다."

진우가 가리킨 쪽에서는 비무를 관전하며 먹을 수 있는 주전부리들을 팔고 있었는데, 정작 주전부리보다는 그 옆에 사람이 더 많이 몰려 있었다.

"저게 뭐지?"

진하는 주전부리 옆의 좌판을 보았다.

몇몇 이름들이 걸려 있고 그 옆에 숫자들이 적혀 있었는데, 사람들은 분주하게 돈을 내고 뭔가가 적힌 종이를 받아 갔다.

그 앞에서 여러 사람이 돈 꾸러미를 들고 갑론을박하는 모습도 보였다.

남매는 처음 보는 생소한 광경을 제갈화천이 설명해 주었다.

"이번 대회의 우승자를 놓고 사람들이 돈을 걸고 있는 겁니다. 당 소협과 팽 소협이 가장 우세하네요."

"그 두 사람은 숫자가 높은 걸 보니 많은 사람들이 돈을 건 모양인데. 그러면 이겨도 배당률이 적지 않나요?"

"그렇죠. 하지만 그쪽이 안전하니까요. 재미 삼아 걸어 보시겠습니까?"

제갈화천의 안내에 진우와 진하는 내기판 앞으로 다가갔

다. 제갈세가의 상징인 흰 모란꽃을 본 사람들은 저보다 한 참이나 작은 제갈화천의 걸음 앞에 모두들 자리를 비켜 주었다.

"어디 보자. 당 소협과 팽 소협은 각각 은 한 냥을 걸었을 때 배당이 한 냥 반이네요."

"그거 안 거니만 못한 거 아닙니까?"

"만약 백 냥을 걸었다면 백오십 냥을 버는 거니까 손해 보는 장사는 아니지요. 진하 소저는 누구에게 거실 겁니까?"

"당연히 우리 사부님이죠!"

진하가 당당하게 외치며 이름이 내걸린 판에서 남궁혁의 이름을 찾았다.

"헛수고예요, 소저. 남궁 소협은 이제 첫 강호 출전이라— 어?"

"여기 있다!"

"누가 벌써 사부님한테 걸었네?"

"그것도 숫자가 꽤 많은걸?"

참가자의 이름 밑에는 그 사람에게 돈을 건 자의 이름이 적혀 있었다.

진우와 진하는 남궁혁의 이름 밑에서 익숙한 이름 몇 개를 발견했다.

"기린대 아저씨들은 자기들도 참가자면서 사부님한테 돈

을 걸었네."

"제갈 소저의 이름도 있는데?"

진우가 남궁혁의 이름 밑에 붙어 있는 제갈화영의 내기표를 가리켰다. 그 금액은 무려 은자 천 냥!

제갈화천은 분주하게 다른 것을 찾고 있었다.

다름이 아니라 제갈화천 자신의 이름이었다.

그도 나름 제갈가의 차기 가주인지라 돈을 건 사람이 몇몇 보이긴 했지만 제갈화영의 이름은 보이지 않았다.

'누님도 진짜 너무하지. 남궁 소협의 실력이 대단하다는 건 알지만 그래도 동생인 내 이름에는 하나도 안 건다는 게 말이 돼?'

제갈화천이 불만 어린 얼굴로 볼을 빵빵하게 부풀리고 있을 때, 진하가 가진 돈 전부를 남궁혁에게 걸었다.

"어이구, 꼬마 소저. 알고 있겠지? 이 참가자가 비무 대회에서 우승을 못 하면 한 푼도 못 돌려줘."

"알고 있어요. 이기면 백 배로 돌려주는 거 맞죠?"

"그러엄. 여기 이 남궁혁이라는 사람이 이기면 소저가 은자 천 냥을 가져가는 게야."

내기를 주관하는 사람은 마치 큰 선심이라도 쓰듯이 진하에게 돈을 걸었다는 문서를 써 주었다.

그의 태도는 이미 진하의 은자 열 냥이 이미 제 것이 된 태도였다.

이어 진우도 제 돈 열 냥을 전부 걸었고, 제갈화천은 누구에게도 걸지 않았다.

그래도 자기 자신에게 걸지 않는 것으로 자존심을 지킨 제갈화천이 슬슬 가자며 남매를 떠밀었다.

"근데 제갈 소협도 참가자이지 않아요? 우리 때문에 너무 늦게 가는 거 아니에요?"

진하가 걱정스럽게 물었지만 제갈화천은 고개를 저었다.

"이번 대회가 커서 예선만 이레나 걸려요. 참가자가 육백 명이 넘는다니까. 그리고 나 같은 대문파의 후계자는 육십사 강부터 참가하게 되고요."

"그거 좀 불공평하지 않습니까?"

진우가 두 사람의 대화에 끼어들었다.

남들은 다 예선을 거쳐서 올라오는데 대문파의 후계자라서 육십사 강부터 나가다니.

거듭 예선을 거치는 동안 자신의 진신전력을 다 내보이고 심력을 소모하는 데다가, 운이 나쁘면 상처를 입을지도 모르는 일반 참가자들에게는 너무 불공평한 조치 같았다.

"그거야 그렇지만, 맨 처음 무림맹이 생길 때 정해진 규칙이니까요."

제갈화천이 어깨를 으쓱였다. 무림맹이 생길 때 만들어

진 규칙이라니 진우도 입을 다물었다.

이윽고 세 사람은 남궁혁이 예선을 치르는 제 삼 비무장에 도착했다.

제갈화천이 호언장담한 대로 대문파를 위한 특별 좌석으로 가자 제갈화영이 그들을 기다리고 있었다.

"마침 알맞게 도착했네요. 남궁 공자께서 이제 막 첫 비무를 시작하려던 참이에요."

제갈화영이 비무장을 가리켰다. 과연 그곳에 남궁혁이 당당한 모습으로 서 있었다.

"꺄ㅡ! 사부님! 힘내세요ㅡ!"

진하가 두 손을 모아 남궁혁을 응원했다.

그 소리가 들렸는지 남궁혁이 뒤로 돌아 진하에게 손을 흔들어 보였다.

늦으려나 싶었더니 그래도 제갈화천이 제 때 애들을 데리고 온 모양이었다.

남궁혁이 진하와 진우에게 걱정하지 말라며 환한 미소를 보인 후 상대를 돌아보자, 상대는 약간 골이 난 얼굴이었다.

그런 모습이 남궁혁의 상대에게는 자신을 무시하는 모습으로 보였던 모양이다.

"나 참, 여유가 넘치시는구만."

"고작 예선인데 긴장할 필요도 없죠."

"깃발이 내려가고도 그렇게 여유만만할 수 있는지 두고
보지."

깃발이라 함은 비무의 전반적인 규칙의 적부나 승패를
판정하는 심판관이 들고 있는 붉은 깃발을 일컬음이었다.

저것이 내려가면 비무가 시작된다.

관중석에 앉아 있는 제갈화영은 벌써 상대의 정보를 알
아보았는지 상대의 정보를 줄줄 읊었다.

"하북 낭인 출신의 무인이에요. 날렵한 몸에 걸맞은 빠른
쾌검이 특기라고 하는데. 남궁 공자가 쾌검에 잘 대처할 수
있을까요?"

제갈화영이 야릇한 미소를 지으며 비무대를 내려다보았다.

이 중 남궁혁의 실력을 한 번도 견식하지 못한 건 제갈화
영뿐이었다.

진우와 진하는 남궁혁이 풍검문과 대결할 때도, 이외에
구걸이나 남궁옥, 남궁현암 등 여러 무인들과 친선 비무를
하는 모습도 여러 번 봐 왔다.

직접 겨뤄 본 제갈화천이야 말할 것도 없었다.

물론 제갈화영도 서신으로 남궁혁의 실력에 대한 이런저런
정보를 접하긴 했지만 그래도 눈으로 보는 것과는 달랐다.

이런 시시한 예선전에서 남궁혁의 진면모가 나올 거라고
생각하진 않지만.

그래서 제갈화영은 남궁혁이 간단하게 상대를 이겨버릴 거라고 생각했다.

명문정파의 후기지수들이 으레 그렇듯, 검도 뽑지 않고 체술 만으로 상대를 제압하거나 검갑만으로 상대한다든가 하는 식으로.

그러나 붉은 깃발이 휘둘러지자마자, 남궁혁은 진지한 자세로 검을 뽑았다.

관중석에서 견식하고 있는 이들의 눈에도 빈틈 하나 보이지 않을 정도의 집중!

고작 낭인 나부랭이를 상대로 하기에는 너무 아까울 정도의 집중력이었다.

'호랑이는 토끼를 잡을 때도 전심전력을 다한다, 그런 류의 무인인가?'

상대도 남궁혁의 그런 진심을 눈치챘는지 표정이 심각해졌다.

검을 바로잡는 낭인에게서는 점점 집중력이 피어오르기 시작했다.

두 무인이 서로 마주 본 채 자세를 취하고 있었을 뿐인데, 점점 가열되는 집중력에 관중석의 모두가 손에 땀을 쥐고 있었다.

언제 시작할 거냐는 그 흔한 야유조차 없다.

고작 예선 첫 경기인데!

'그리고 이 분위기를 만드는 건 바로 남궁혁, 저 사람이 겠지.'

제갈화영도 남궁혁의 흐트러짐 없는 자세에서 눈을 떼지 못했다.

"에잇—!"

결국 그 고요함을 버티지 못한 상대가 먼저 빠르게 파고들었다.

이에 대항하는 남궁혁의 움직임은 얼핏 둔중해 보였다.

어깨를 느릿하게 트는 동작.

남궁혁은 그것만으로 아슬아슬하게 상대의 검을 피해 냈다.

그리고 이어지는 동작.

"세상에!"

"빨라!"

"방금 어떻게 된 거야?"

잠깐 눈을 깜빡인 사이, 낭인의 목에는 남궁혁의 검이 겨눠져 있었다.

"화천아. 봤니?"

"얼핏요. 어깨를 트는 순간 마치 태풍의 축처럼 돌아서 목을 겨눴어요."

그렇게 말하는 제갈화천의 얼굴에 긴장이 서려 있었다.

남궁혁의 실력이야 이미 상대해 봐서 잘 알고 있었다.

하지만 그게 몇 달 전이다. 그 짧은 시간 내에 자신의 눈이 따라잡기 어려울 정도로 실력이 늘었다니?

기관진식을 공부함과 더불어 안력 수련에 큰 힘을 쏟는 제갈화천이었던 만큼 그 충격이 컸다.

"그리고 처음 검을 피할 때는 최소한의 움직임만으로 상대의 검을 피했었지. 아무리 낭인이라고는 하나 그 집중력이 극도로 올라간 상대인데 말이야."

검을 갈무리하고 마지막까지 예의 바르게 상대를 대하는 남궁혁을 보는 제갈화영의 입가에 미소가 떠올랐다.

낭인은 헛것이라도 본 듯 멍하니 있다가, 자신을 향해 포권을 취하는 남궁혁에게 서둘러 포권을 취하곤 자리에서 내려갔다.

이 회장에 있는 모두의 시선이 남궁혁에게 쏠렸다.

고작 예선전. 눈여겨볼 만한 후보는 거의 나오지 않고, 관중석에 있는 것은 자신의 비무를 기다리거나 비무 당사자와 친분이 있는 자들 정도다.

말하자면 무림 내의 어중이떠중이들이라고나 할까.

그런 이들 앞에 상당한 실력자로 보이는 사내가 낭인을 상대로 예우를 표하고, 전력으로 상대했다.

명문대파의 후기지수들이 이런 이들을 무시하고 조롱하는 식으로 손쉽게 이겨 버리는 것과는 전혀 달랐다.

그런 그들에게 남궁혁이 남다른 존재로 비치리라는 것은 빤할 빤자였다.

"남궁 공자는 예선전까지는 무난하게 헤쳐 나가시겠구나. 아무렴, 이 제갈화영이 모시는 분께서 그 정도야 당연하시겠지."

제갈화영은 비단 부채로 입가를 가리며 호호호 웃었다.

관중석 한쪽에서는 누군가 남궁혁이 그 유명한 대장장이 문파의 소가주라는 것을 알았는지 가벼운 소란을 일으키고 있었다.

대기석으로 돌아가는 남궁혁을 향한 시선들이 조금씩 호의적으로 변해 간다.

제갈화영은 이 일련의 상황을 흥미롭게 바라보았다. 아무래도 자신이 선택한 사람은 무림맹에 상당한 파란을 일으킬 모양이었다.

남궁혁의 두 번째 예선전도 쉽게 끝이 났다.

두 번째 상대는 중소 규모정도 되는 해양권가라는 곳의 일원이었는데, 원래 주먹깨나 쓰는 흑도의 일원이었다가 세를 불리고자 정파로 탈바꿈한 문파였다.

그리고 문파의 이름을 널리 알리고자 이번 비무 대회에 참가한 것이다.

상대의 이름은 일격파암 진독청.

일격에 바위를 부순다는 그 이름은 꽤나 거창했지만 어디까지나 이삼류 수준에서나 통하는 별호일 뿐이었다.

그래도 진독청은 자신이 있었다. 비무에 임하기 전 귀동냥한 정보 때문이었다.

'듣자 하니 남궁세가의 방계인 대장장이라지? 실전은 거의 겪어 보지 못하고 검만 휘둘렀겠지. 시전 바닥에서 다져진 이 몸의 실력이라면 충분히 해볼 만하렷다!'

기린지장이라는 꽤 휘황찬란한 별호를 갖고 있긴 했지만 어디까지나 검이 아니라 망치질로 받은 것. 충분히 상대해 볼 만했다.

게다가 남궁세가의 방계라는 점도 그의 호승심에 불을 질렀다.

한미한 출신의 낭인일수록 명문대파에 대해 어느 정도 열등감과 적대감을 갖기 마련이다.

방계 주제에 다른 잡기로 명성을 얻어 남들은 감히 탐내지도 못하는 남궁세가의 절기를 배웠다는 점이 진독청은 눈꼴셨다.

남궁혁을 전형적인 방계의 그저 그런 무인으로 본 것이

다. 방계 주제에 대 문파의 일원이라고 말만 시끄럽고, 실력은 보잘것없어 재수 없는 부류로.

그래도 이 자리에서 놈을 꺾으면 자신은 남궁세가의 사람을 꺾은 게 된다. 제법 이름은 있는 놈이니까.

진독청은 그런 자신감과 기대를 갖고 비무대 위에 섰다.

"남궁장인가의 남궁혁과 해양권가의 진독청!"

심판관이 두 사람의 이름을 크게 부르고, 남궁혁이 예의 바르게 포권을 취했다. 그러나 진독청은 인사도 하지 않은 채 바로 자세를 갖췄다.

"시작—!"

붉은 깃발이 휘둘러지자마자 진독청은 남궁혁에게 덤벼들었다.

남궁혁이 포권을 취하는 자세를 아직 풀지도 않았을 때였다. 남궁혁의 얼굴에 당황한 기색이 역력했다.

'좋아!'

첫 주먹을 휘둘렀을 때, 진독청은 주먹에 와 닿는 묵직한 느낌을 기대했다. 이 한 방으로 끝이다. 일격파암이라는 자신의 별호답게 놈은 곤죽이 되어 버리리라.

쒸익—!

퍼억—!

매서운 파공음과 함께 단단한 뭔가가 부드러운 살집을

후려 패는 무자비한 소리가 울려 퍼졌다.

진독청은 미소를 띠려던 입을 쩍 벌리고 돼지 멱따는 것 같은 소리를 내질렀다.

"꾸에에에엑—!"

그는 그대로 뒤로 넘어져 게거품을 물었다. 창졸간에 일어난 일에 관중들은 웅성거리며 자리에서 일어났다.

"자네 봤어?"

"이번에도 못 봤네."

"그저 장인 나부랭이인줄 알았는데……."

사람들은 신성의 출현에 침을 꼴깍 삼키며 비무장을 내려다보았다.

남궁혁의 동작을 본 이는 거의 없었지만 진독청이 어디를 공격당했는지는 모를 수가 없었다.

남궁혁은 쓰러진 그를 보며 혀를 끌끌 찼다.

"흑도 문파였다더니 진짜 예의를 밥 말아 먹었네."

성심성의껏 상대하려고 했건만 상대가 먼저 이렇게 나와서야.

비무대에서 내려온 남궁혁은 진하에게 깨끗한 수건을 받아 무릎을 쓱쓱 닦았다.

기분 탓인지 괜히 더러운 게 묻은 기분이었다.

"세상에, 저 사람 괜찮은 거야?"

"남궁혁이라는 자. 첫 예선에서 모습이 좋아 보였는데 어찌 저렇게 참혹한 짓을……."

관중석의 사람들은 무서운 것이라도 본 듯 전부 얼굴이 하얗게 질려 있었다.

여인들은 망측하다는 듯 두 얼굴을 가리는 사람도 있었다.

사내의 소중한 그곳이 거의 으깨지다시피 한 진독청은 무례의 대가로 한 방에 사내의 소중한 곳을 격파당한 채, 의무반이 뛰어올 때까지 게거품을 물며 비무대 위에 대 자로 누워 있을 수밖에 없었다.

한 번만 더 예선을 치르면 남궁혁은 육십사 강의 본선 무대에 올라갈 수 있었지만, 그의 삼 차 예선은 내일로 예정되어 있었다.

시원하게 한 방에 끝냈으면 했지만 일정이 그렇다니 어쩔 수 없었다.

남궁혁은 잔뜩 신이 난 진우와 진하를 데리고 청운당으로 돌아왔다.

그 사이 다른 곳에서 각각 예선을 치른 기린대원들도 숙소에 돌아와 있었다.

"어서 오십시오, 소가주!"

그들도 분명 한두 차례의 예선을 거쳤을 텐데 전혀 지친 기색이 없었다. 게다가 남궁혁에게 예선 결과가 어땠느냐고 묻지도 않았다. 남궁혁이 통과했을 거라는 당연한 믿음이었다.

"기린대의 성적은 어땠어요?"

"저는 오늘 이 차 예선까지 통과했고, 나머지 대원들은 일 차 예선을 전부 승리로 마무리했습니다. 내일 모두들 이삼 차 예선을 치를 겁니다."

기린대의 뿌듯한 표정들을 보아하니, 시합 내용을 듣지 않아도 그들이 충분히 제 실력을 발휘해 비무를 치렀음을 알 수 있었다.

단순히 이겼다는 사실만으로는 저런 미소가 나오지 않는다. 자신에 대한 만족스러움과 뿌듯함이 절로 배어 나오는 미소.

그건 한 번 했다고 티도 나지 않는 매일의 수련을 빼먹지 않고 성실히 해 온, 만천하에 그렇게 쌓아 온 성실함을 실력으로 드러낸 이가 지을 수 있는 승자의 웃음.

타인에 대한 승리가 아니라, 자기 자신에 대한 승리를 만끽하는 미소다.

저 웃음으로 봐선 내일 있을 이삼 차 예선도 충분히 잘 치러낼 것 같았다.

"그렇다면 오늘 공식적인 예선 일정은 끝났으니, 가볍게 쉬어 볼까?"

남궁혁의 말이 떨어지자 기린대원들은 모두들 방으로 들어가는 게 아니라 숙소 내의 연무장으로 향했다. 가볍게 쉰다는 말을 가볍게 몸을 푼다는 말로 받아들인 것이다.

"난 정말 좀 쉬자고 얘기한 건데……."

진짜 좀 쉴까 했던 남궁혁이 민망해져 버렸다.

크게 피곤하진 않지만 어제 밤새도록 팽천룡, 은태림, 제갈화영과 술을 마신 데다가 이른 아침부터 예선을 치러서 휴식을 취하고 싶었는데.

"흐라차!"

"좀 더 과감하게 들어오라고!"

"이렇게 느려서야 어떻게 남궁장인가를 대표하는 기린대라고 할 수 있겠어!"

연무장에선 곧바로 무기가 맞부딪치는 요란한 소리와 기합 소리가 울리기 시작했다.

방과 연무장을 돌아보던 남궁혁은 에라 모르겠다며 무복차림 그대로 기린대원들의 수련에 끼어들었다.

부하들도 저렇게 열심인데 주인인 자신이 놀아서야 본이 안 서질 않겠나.

자업자득이라고. 자기가 만든 성실의 분위기에 발목이 잡힌 남궁혁이었다.

가볍게 몸을 풀자고 시작한 것이 결국 한밤중까지 이어졌다.

기린대원들 각자의 수련을 봐준 남궁혁은 이어서 각 대원들과 살벌한 비무를 펼치고, 내친김에 진우와 진하 남매의 실력도 점검해 보기로 했다.

나이치고는 꽤 묵직한 중검을 쓰는 진우와 재빠른 쾌검을 구사하는 진하. 합격의 기본만 갖춘다면 꽤 잘 맞는 조합이라 할 수 있었다.

"진우와 진하의 성취가 상당하군."

기린대원들은 수건으로 땀을 닦으며 이들의 대련을 지켜보고 있었다.

"어릴 때부터 둘이 함께였다고 하더니, 호흡이 잘 맞아."

기린대주 양명은 말 한마디 없이 절묘하게 치고 빠지는 전술을 구사하는 남매를 보며 중얼거렸다.

따로 합격술을 수련한 적도 없는데 남매의 공격은 그 흐름이 매끄러웠다.

그 때문에 남매의 부족한 실력에도 불구하고 남궁혁의 공격을 잘 막아 내고 있는 것이다.

물론 남궁혁이 남매의 실력을 점검하느라 가볍게 검을 놀리고 있기는 하지만.

"너희 실력이 고작 이 정도밖에 안 되었나? 이 사부가 너희를 이렇게밖에 안 가르쳤어?"

기린대의 눈에는 두 남매의 검이 상당한 수준으로 비쳤지만 남궁혁에게는 썩 만족스럽지 않은 듯했다.

"아닙니다!"

"아니에요!"

남궁혁의 도발에 남매의 검이 더욱 매서워졌다.

먼저 적극적으로 공세에 나선 것은 진하 쪽이었다. 진우에 비해 성격이 급한 진하다 보니 당연히 먼저 나오게 된 것이다.

진하의 검이 남궁혁의 검과 정면으로 맞부딪쳤다. 힘에서 그녀가 남궁혁을 이길 수 있을 리 없었다.

왜 이런 무모한 선택을 했나 의아해하는 찰나, 그대로 진하의 검이 남궁혁의 가슴께로 미끄러져 내려왔다.

남궁혁이 가르친 적 없는 검초였기에 그는 잠시 당황했다.

'남궁연화검!'

꽃잎처럼 부드럽고 가볍게. 남궁세가의 여인들에게 전해지는 검법.

남궁옥이 세가에 놀러왔을 때 진하가 그녀를 졸졸 쫓아다니기에 왜 그러나 싶었더니, 이걸 가르쳐 달라고 따라다닌 모양이었다.

딱히 비밀리에 전수되는 절기도 아니라 몇 개 초식을 가르쳐 준 모양인데, 그 완성도가 상당히 높은 걸로 봐선 연습을 많이 한 것 같았다.

남궁혁은 그대로 허리를 꺾어 진하의 검을 피했다. 그리고 그 틈새를 매섭게 찔러오는 진우의 검을 쳐 냈다.

대연검법 제 십일 식 난엽검!

진우의 찌르기는 그야말로 쏜살같았다. 어릴 때부터 무거운 망치를 두드리며 다져진 힘이 난엽검의 초식에 그대로 실렸다. 마치 쇠뇌 수십 발이 쏟아지는 것 같았다.

그러나 남궁혁은 마치 물속을 노니는 물고기처럼 그 모든 공격을 술술 피해 냈다. 마치 공격이 어디로 올지 눈에 다 보이는 것 같은 태도였다.

"에잇!"

진하가 진우를 돕기 위해 제 팔 식 태산검의 검식을 운용하며 남궁혁의 동선을 좁히려 했지만 헛수고였다.

"진하 네 검은 태산이 아니라 나비의 무게 같구나!"

챙—!

진하의 검이 높게 하늘로 쳐올려지고, 이어 진우의 기습을 담은 검도 남궁혁의 뒤돌려차기에 검면을 맞고 저 멀리 날아갔다.

그야말로 남매의 완벽한 패배였다.

"크윽……."

"오라버니!"

진하는 검만 떨어트렸지만 진우는 바닥에 몇 번을 나뒹굴었다.

진우는 이해할 수 없었다. 자신의 초식은 완벽했다. 난엽검에 실린 힘도 부족함이 없었다. 뒷받침되는 기초 체력도, 대연검법의 성취도 지켜보던 기린대가 감탄할 만큼 수련했다.

거기에 남궁혁은 그들의 수준에 맞춰 비무를 해 주겠다고 했다. 실제로도 그들의 사부는 엄청나게 위력적인 초식이나 대단한 수법을 선보이지 않았다.

그저 동률의 실력으로 맞춰 주었을 뿐인데도 진우와 진하는 검을 놓치고 바닥을 뒹구는 등의 모습을 보이며 졌다.

"사부님. 알려 주세요. 저희가 뭐가 부족했습니까?"

"저도 궁금해요!"

졌지만 바로 자신들의 부족한 점을 깨우치려고 노력하는 면은 남궁혁이 사부로서 두 남매를 좋아하는 점 중 하나였다.

대장장이로서의 실력도 이러한 자세 덕분에 빨리 성장했다. 남궁혁은 내심 뿌듯해하면서도 엄한 얼굴로 자신의 앞에 무릎 꿇은 두 제자를 내려다보았다.

"진하야. 새로운 검법을 배운 건 좋아. 하지만 그 검법이 가장 몸에 익은 기존의 대연검법과 이어지지 않으면 무용지

물이지. 그것도 남궁연화검은 대연검법과 연관이 아주 깊은 검법인데 말이야."

남궁연화검은 확실히 진하에게 잘 어울리는 검법이었다. 조금 더 자라면 남궁혁이 먼저 남궁옥에게 부탁을 하려고 했는데 그녀가 직접 남궁옥을 졸라서 배운 것도 무척 장한 일이었다.

그러나 남궁세가 무공의 기본은 대연검법. 진하가 배운 남궁연화검이 이빨 빠진 몇 개의 초식뿐이라는 걸 생각한다면 진하는 두 무공의 연계에 대해 좀 더 진지하게 고민할 필요성이 있었다.

물론 아직 어린애니까 당장 배운 새로운 초식을 자랑하고 싶었던 마음은 알겠다만.

"진우 넌 너무 내가 가르친 대연검법에 매여 있어. 너는 네 검을 휘두르는 게 아니라 내가 휘두르는 궤적을 그대로 휘두르고 있구나."

진우의 대연검법은 완벽했다. 남궁혁이 뭐라 지적할 부분도 없었다. 그야말로 진우의 성실성을 그대로 보여 주는 대목이었다.

하지만 진우의 대연검법은 그 자신에게 체화되지 못하고 겉돌고 있었다. 완벽하게 남궁혁의 검을 답습한 검법.

그것만으로도 어느 정도의 실력은 담보할지 몰라도 그 이상의 무리로 가기 위해서는 스스로의 궤적을 익혀야 했다.

두 아이는 남궁혁의 가르침을 마음에 되새기는 듯 고개를 숙였다.

가르침은 여기까지였다. 이제 꾸지람이 남아 있었다.

"그리고 둘 다 검이 따로 놀아. 검 끝이 떨리잖아!"

남궁혁의 쩌렁쩌렁한 목소리에 진하와 진우의 어깨가 움찔했다. 검이 따로 논다는 것은 손에 검이 착 감기지 않는다는 뜻이다.

남궁장인가를 떠나 괴이한 수련을 할 때까지만 해도 짬이 나면 검을 휘둘렀는데, 제갈 남매를 만나 여기까지 오면서는 수련하는 걸 깜빡 잊어버린 탓에 생긴 일이었다.

"요 며칠 수련 없다고 놀았네 놀았어. 대장간 일도 안 하는데 무공 수련이라도 열심히 해야지."

"잘못했어요…….."

"잘못했습니다."

두 아이가 정말 반성의 기색을 띠우며 고개를 숙였지만 남궁혁은 봐줄 생각이 없었다.

아무리 성실한 사람도 살다 보면 가끔 해이해지기 마련이지만, 그걸 다잡아 주는 게 스승의 역할이 아니던가.

"둘 다 벌로 휘두르기 삼천 번, 대연검법 일 식부터 십이 식까지 백 번 반복. 마치기 전까지 저녁밥은 없다. 실시!"

"실시!"

남매는 바로 검을 바로잡고 연무장 한가운데 서서 수련을 시작했다.

대체로 유하긴 하지만 게으름에는 가차 없는 남궁혁의 성격을 아는 기린대는 남매를 걱정하는 대신 힘내라며 격려를 보내곤 씻으러 들어갔다.

그때 땀내 풀풀 나는 남궁장인가의 숙소에 부드러운 분향이 퍼져 나갔다. 제갈화영이었다.

"어머나. 아직도 수련 중이신가 봐요?"

"제 수련은 끝났고, 애들이 수련 중입니다. 근데 그건 뭐죠?"

제갈화영은 양손에 큼직한 찬합 두 개를 들고 있었다. 몸도 안 좋은 사람이 저렇게 무거워 보이는 걸 들다니.

남궁혁이 서둘러 제갈화영의 손에 들려 있는 찬합을 받아 들었다. 남궁혁에게야 거뜬하지만 무공을 호신용으로만 익힌 제갈화영에게는 상당할 무게였다.

찬합인걸 보니까 안에 든 건 음식인 것 같은데. 무슨 음식을 이렇게 많이 가져왔담?

"보니까 여기선 따로 식사를 안 지어 드시는 것 같아서, 저희 숙소에서 만든 걸 좀 챙겨 왔어요."

"설마 직접 하신 겁니까?"

"그럼요. 따로 하녀도 데려오지 않았는걸요."

고작 두 명이 머무는 제갈가에서 이만한 음식을 그저 '챙겨 왔다'라고 표현하는 제갈화영의 저의가 빤히 보여서 남궁혁은 설핏 웃었다.

챙겨오긴 뭘 챙겨왔겠는가. 남궁혁을 찾아오기 위한 구실을 위해 남궁장인가 사람들이 먹을 만큼 음식을 해 온 것이다.

지난 생에서는 코빼기도 찾아볼 수 없었던 여자 복이 이번 생에서는 일복만큼이나 터져 버린 건지.

부족할 거 하나 없는 여인들이 제게 관심을 보여 주는 일이 남궁혁은 아직도 좀 낯부끄러웠다.

그래도 정성 들여 음식을 만들어 온 제갈화영의 호의를 거절할 수는 없어서 남궁혁은 그녀를 안으로 안내했다.

"잠깐 앉아 계세요. 막 수련을 마친 참이라 땀에 젖어서. 금방 씻고 갈아입고 올게요."

"안 그러셔도 괜찮은데."

"제가 민망해서 그래요."

제갈화영은 정말 그 상태 그대로여도 괜찮다는 얼굴이었지만 남궁혁은 단호하게 말하고는 제갈화영을 두고 밖으로 나왔다.

서둘러 씻고 방으로 돌아오자 어느새 기린대가 알아서 방에 상을 펴고 제갈화영이 가져온 음식들을 차려 놓고 있었다.

"소가주, 어서 들어오십시오. 제갈 소저의 음식 솜씨가 보통이 아닙니다."

"그야말로 명문가의 음식이네요."

기린대원들이 한 마디씩 거들기에 봤더니, 정말 담은 모양 하나하나까지 정교한 미술품 같은 음식들이었다.

대체 이 산중에서 어떻게 저리 신선한 생선을 구한 건지, 비늘 하나하나가 살아 있는 민어찜하며 색색으로 장식된 고기 산적. 고온의 기름에 바싹 튀겨진 오리까지. 그야말로 성찬이나 다름없었다.

"애를 썼는데 맛이 괜찮을지 모르겠어요."

"이렇게 공들이셨는데 맛이 없을 리가 있겠어요. 잘 먹겠습니다."

"감사히 먹겠습니다, 제갈 소저!"

남궁혁에 이어 기린대까지 큰 감사 인사를 올리며 식사를 시작했다. 아직도 수련을 하고 있는 진우와 진하의 몫은 따로 떼어 두고, 모두의 젓가락이 찬합의 위를 분주하게 날아다녔다.

"오오······!"

"황실 요리는 구경도 못 해 봤지만 정말 그에 필적할 것 같은 맛이네요."

"재료부터 간까지 이보다 완벽할 수가 없군."

남궁장인가에 들어온 이후로는 질 좋은 식사를 해 오긴
했지만 오랜 세월 낭인으로 살아 먹을 것에 탐닉하는 편인
기린대는 그야말로 감탄에 감탄을 연발하면서 음식을 입에
넣었다.

남궁혁도 한 점 한 점을 입에 넣을 때마다 고급스러운 맛
의 향연에 저도 모르게 탄성을 내지를 정도였다.

"입에 맞으시나 봐요."

"네, 정말 맛있습니다. 솔직히 좀 의외네요."

"제갈가의 직계 여식이 이렇게 음식을 한다는 게요?"

"그도 그렇지만 몸도 안 좋으셨잖아요?"

기린대가 분주하게 음식을 먹는 동안 남궁혁과 제갈화영
은 상석에서 마주 앉아 얘기를 나누었다.

"그래도 집안의 일은 도와야지요. 제갈세가에서 직계 첫
째 딸은 많은 행사에서 지낭의 역할을 하거든요. 십 년 넘
게 지낭 역할을 했더니 세가의 조리법 정도는 숙지하게 되
더라구요."

"지낭이요?"

"말하자면 대규모 조리대를 지휘하는 대장이라고나 할까
요? 세가에는 수백에서 수천 명 단위의 손님이 올 때도 있으
니까, 그런 손님들을 대접하려면 수십의 숙수와 수백의 하인

을 부려서 제 때 요리가 나오게 해야 하거든요. 나무로 만든 큰 탑 위에 올라가서 깃발로 조리 순서를 지휘하는 거죠."

남궁혁은 조금 달라진 눈으로 제갈화영을 바라보았다. 몸이 안 좋아 마냥 집안에서 두문불출하는 여인인줄만 알았는데, 나름 할 수 있는 한에서는 이런저런 일들을 하고 있던 모양이다.

"생각보다 재미있답니다. 지낭 일에도 간단한 전략전술이 필요하거든요. 말하자면 제게는 모의 전쟁이나 다름없었죠."

제갈화영은 호호 웃으며 다른 음식도 권했다. 한참 동안 식사가 이어지고, 남궁혁이 적당히 배를 채우고 젓가락을 내려놓자 제갈화영이 산책을 제안했다.

청운당 내 남궁장인가의 처소는 그리 크지는 않았지만 가벼이 산책할 수 있는 작은 후원이 있었다.

남궁혁과 제갈화영은 저 멀리 들려오는 진우, 진하 남매의 기합소리를 들으며 후원을 거닐었다.

"오늘 제갈 소저께 도움을 많이 받았네요. 아침에도 데리러 와 주시고."

"말씀을요."

"그런데 오늘 저녁엔 왜 오신 겁니까?"

이유를 알면서도 남궁혁은 새삼 물었다. 혹시나 자신이 오해했을 수도 있고, 눈치채지 못한 다른 목적이 있을 수도 있으니까.

그 물음에 제갈화영은 소매로 입가를 가리고는 까르르 웃었다. 마치 남궁혁이 재밌는 농담이라도 한 것 같았다.

"저는 꼭 이유가 있어야만 올 수 있나요?"

"아니, 딱히 그런 건 아니지만……."

"아니면 남궁 공자께서는 공적으로 맺은 인연은 공적으로만 대하시는 성격이신가요? 사적으로는 전혀 친분을 나누지 않으신다거나?"

"그런 것도 아닙니다. 그저 다른 일이 있나 궁금해서……."

어쩐지 말을 하면 할수록 자신이 잘못한 거 같은 기분에 남궁혁이 말끝을 흐렸다. 제갈화영은 남궁혁이 절절매는 모습이 귀엽게 느껴지는지 호호 웃더니 이제야 제대로 된 답을 내어놓았다.

"솔직히 말하자면 공자와 시간을 보내고 싶어서 왔어요. 처음에는 화천이 핑계를 대고 올까 했는데 그것만으로는 부족할 것 같아서, 처소로 돌아가자마자 바지런히 음식을 준비해서 싸 들고 왔죠. 그러면 이렇게 단둘이 있을 시간도 생기고 얘기를 나눌 만한 소재도 생길 것 같아서. 이정도면 충분한 이유가 될까요?"

제갈화영의 입가에 흰 모란꽃 같은 미소가 번졌다.

"왜 그렇게 저에게 관심을 가지시는 건가요? 그저 제가 목숨을 구해 드렸다는 것만으로는 이해가 잘 안 가는데."

어제의 술자리에서도 그랬다. 남자가 봐도 진짜 감탄이 나오는 미남 은태림도 있었고, 차기 무림 제일인 후보라 불리는 팽천룡도 있었는데 제갈화영은 계속 남궁혁에게만 집중했다. 그 달콤한 기류를 눈치챈 은태림이 나서서 두 사람이 연인이냐고 슬쩍 운을 띄워 볼 정도였다.

"그 이유는 남궁 공자께서 생각해 보셔야 할 것 같네요."

"저도 잘 모르겠으니까 하는 말이죠. 제가 보통 여성분들께서 선호하는 남자와는 좀 거리가 있는 것 같은데."

다른 여인들이 보내는 호감도 이유를 모르기는 마찬가지였다.

여자란 다소 패도적인 성향의 사내를 선호하지 않던가?

특히나 힘을 숭상하는 무림의 여인일수록 그럴 텐데.

남궁혁 스스로도 자신이 그런 성향의 남자가 아니라는 것은 잘 알고 있었다.

무공과 세가 약한 것은 아니지만 그 주변의 여인들의 눈에 차기에는 턱없이 부족할 텐데.

대체 이 여인들이 자신의 뭘 보고 이렇게 호의를 보내는지 이해하기 어려웠다.

"어머나. 공자께서는 여자를 너무 모르시네요."

"그런가요?"

하긴. 여자를 잘 알았다면 벌써 자신에게 호감을 보이는 여인 중 하나와 혼인을 하고도 남았겠지.

그걸 잘 몰라서 남궁옥의 적극적인 구애에도 시간을 달라고 한 것 아닌가.

"하나만 알려 드리자면, 공자께서는 스스로 생각하시는 것보다 상당히 매력적이시랍니다."

어째 의도한 것은 아니었는데 엎드려 절 받기 같은 상황이 되어 버렸다. 얼굴이 금칠이라도 한 것처럼 기분이 좋으면서도 민망해서 남궁혁은 화제를 돌렸다.

"그런데 혹시 남궁세가 본가나 모용세가에서는 이번 비무 대회에 참가하지 않았습니까?"

"물론 참가하죠. 남궁 소저와 모용 소저 때문에 그러시나요?"

분명 무림맹 비무 대회라면 남궁옥과 모용 자매가 참가하지 않을 리 없었는데. 세 사람은 여태껏 보이질 않았다.

남궁혁이 아직 보지 못한 걸지도 모르겠지만, 출발하기 전 남궁세가와 모용세가에 비무 대회에 참가한다는 서찰을 보내 놨으니까 도착한다면 바로 찾아오거나 연락을 보냈을 텐데.

"그 두 사람은 어차피 본선부터 참가하게 되어 있으니까요. 일찍 와 봤자 신무회와 같은 번잡한 모임이 많아서 남궁 소저 같은 경우에는 가급적 아슬아슬하게 도착하곤 해요. 작은 모용 소저도 별반 다르지 않고요."

"하긴. 그 두 사람은 그런 허울 좋은 모임에 참석할 성격이 아니긴 하죠."

그 성격이 북해의 차가운 바람 같다 하여 별호부터 빙검화인 남궁옥도 그렇지만, 모용청연도 그런 모임에 가느니 차라리 그 시간에 검을 수련할 여인이었다.

원래대로라면 남궁혁도 그런 모임에 갈 성격은 아니니까. 근묵자흑이라고, 남궁혁 주변에는 참으로 그와 비슷비슷한 성격의 사람들이 많았다.

"전부터 생각했지만, 저를 앞에 두고 다른 여성분을 생각하실 수 있다는 게 정말 신기하게 느껴지네요."

이제 거의 가족이나 다름없는 남궁옥과 모용청연을 떠올리며 피식 웃고 있던 남궁혁의 귓가에 제갈화영의 뾰로통한 목소리가 들려왔다.

"아, 죄송합니다. 제가 그만 딴생각을—"

읍—

갑자기 다가온 말캉하고 따뜻한 입술에 남궁혁이 눈을 크게 떴다. 아무리 무공에 강하다 해도 입술을 노리는 여인의 공격을 막을 수 있는 비기 따위가 있을 리 없었다.

촉촉하게 닿았다가 떨어진 입술에 남궁혁이 당황하는 사

이, 제갈화영은 생긋 미소를 지으며 옷매무새를 가다듬었다.

"저를 질투 나게 하신 벌이에요."

"제갈 소저—"

"오늘은 이만 돌아가 볼게요. 푹 쉬셔요."

남궁혁이 말을 잇기도 전에 제갈화영은 곱게 인사를 하고는 쌩하니 후원을 빠져나갔다. 웃고는 있지만 살짝 화가 난 모습이었다.

남궁혁은 얼떨떨한 얼굴로 입가를 스윽 닦았다. 여인과 입술이 닿은 게 전혀 처음은 아니었지만, 상황이 상황이라서 그런가.

'음, 근데 왜 민 총관이 생각나지.'

정작 입술을 맞부딪친 건 제갈화영인데 남궁혁의 눈앞에는 민도영이 어른거렸다.

조금 서글픈 눈동자와 어쩔 수 없다는 듯 아련한 미소를 띤 얼굴.

'아무래도 제갈 소저와는 거리를 좀 두는 게 좋겠는걸.'

공적으로 만날 일이 꽤 많아지겠지만 그러는 편이 좋을 거 같았다. 그렇지 않으면 그 때마다 민도영의 슬픈 표정이 떠올라서 가슴이 쓰릴 거 같으니까.

第二章
본선 진출

　이튿날. 남궁혁의 삼 차 예선이 시작됐다.

　약 육백 여명의 참가자 중 절반 이상이 탈락하고 이제 남은 인원은 백오십 명 정도. 대문파의 사람들은 이미 서른 명 정도 육십사 강에 배정되어 있으니, 사실상 지금부터 대문파 참가자 외에 실력자들이 등장할 때였다.

　오전 중에 기린대의 이 차 예선도 전부 끝났다. 이 차 예선까지는 전부 무난하게 이겼지만 삼 차 예선부터는 만만치가 않은지라 모두들 긴장한 눈치였다.

　진하와 진우는 오늘도 제갈 남매 덕분에 넓고 높은 특별석에 앉아 남궁혁의 비무를 관전할 수 있었다.

어제 있었던 일 차, 이 차 예선이 나름 소문난 건지 관중
도 꽤 늘어 있었다.

늦게까지 수련을 한 데다가 반성의 의미로 일찍 일어나
새벽 수련까지 한 진하와 진우는 무척이나 피곤한 얼굴로
비무대 위를 바라보았다.

"사부님은 오늘까지 싸우면 내일부터는 본선인 거예요?"

"맞아요. 본선은 하루에 네 번 정도만 대전을 하니까 이
틀에 한 번 정도만 비무를 하면 되죠."

"그럼 꽤 오래 하겠네요?"

"팔 일 정도 열려요. 내일부터는 구대문파와 오대세가의
제자들도 전부 나오니까 관중석에서 유명한 무림의 명숙들
을 구경할 수 있을 거예요."

제갈화영이 빙긋 웃으며 비무대 위의 남궁혁을 바라보았
다. 어제 살짝 놀랄 만한 일을 저질렀음에도 남궁혁의 표정
은 크게 다른 점이 없었다. 고작 그 정도로 아직까지 동요
하고 있다면 오히려 실망스러울 일이겠지만.

오늘 남궁혁의 상대는 제남금가의 금진차였다. 세가를
키우는 데 주력하지 않아서 거의 일인 전승에 가까울 정도
로 작은 규모의 문파였지만, 양가창법의 계파 중 하나로 화
려한 마창술이 특기인 문파였다.

'마창술이 특기라. 그렇다면 말 없이는 창법을 펼치기 어

려울 텐데.'

남궁혁은 포권을 취하며 상대를 살폈다. 상대는 삼십 대 중반 정도의 사내로, 보통 창수들이 그러하듯 외공도 신경 써서 익힌 흔적이 역력했다.

하긴, 창간도 강철로 되어 있는 것 같은데 저 정도 근육이 아니라면 거의 팔 척에 달하는 무시무시한 창을 자유자재로 휘두르지 못하리라.

보통 인사를 하면서 서로 시선을 교환하기 마련인데, 금진차는 눈을 바닥으로 내리깔고 포권을 할 뿐이었다.

무례하다기보다는 곧 시작될 비무에 집중하는 모습으로 보여서 남궁혁은 별 신경을 쓰지 않았다.

"남궁장인가의 남궁혁과 제남금가의 금진차!"

붉은 깃발이 거칠게 휘날리고, 남궁혁이 먼저 검을 뽑았다.

창을 상대하는 것은 처음이었지만 주의해야하는 점은 몇 가지 알고 있다.

창은 길이가 기니 거리 계산이 필수였고, 찌르기 외에도 창간을 봉처럼 사용하는 봉술을 주의해야 한다. 특히나 마창술을 기본으로 하는 창술이라고 하니 단단한 하체를 기반으로 하는 봉술을 유념해야 할 것 같았다.

남궁혁은 보법을 밟으며 상대의 빈틈을 찾았다.

검수가 창수를 상대하려면 이렇게 멀리에서는 소용이 없

었다. 순식간에 틈새를 파고들어 창으로 대항하지 못하는 범위 내에서 상대를 제압해야 했다.

금진차는 창을 옆구리에 끼고 눈을 부라리며 요리조리 보법을 밟는 남궁혁의 모습을 뒤쫓았다.

틈을 파고들고자 하는 자와 틈을 내주지 않으려는 자의 눈치 싸움!

순간 금진차의 눈빛이 매섭게 빛났다. 창끝이 번개처럼 남궁혁을 찔러 들어갔다. 수 개의 잔상이 그를 뒤따랐다.

"비영돌진창! 양가창법의 절기다!"

금진차의 초식을 알아본 누군가가 감탄에 찬 비명을 질러 댔다.

남궁혁은 뒤늦게 숨을 들이쉬었다.

어머니 소연화가 한 땀 한 땀 바느질 해 만들어 준 무복의 옆구리가 훤히 찢겨져 있었다.

돌진의 속도가 눈으로 따라가기 벅찰 지경이었다.

본능적으로 몸을 뒤튼 덕에 옷 한 벌로 끝났지, 자칫했으면 허리 부분이 뜯겨져 부상을 입을 뻔했다.

'상당한 실력자라고 듣기는 했지만 이 정도일 줄이야. 그보다……'

남궁혁은 미심쩍은 얼굴로 금진차를 경계했다. 이 비무 대회는 친선 비무 대회인 만큼 당연히 살초가 금지되어 있다.

예선에서는 검기의 사용도 제한되어 있을 정도였다. 그런데 이 정도의 공격이라니.

게다가 눈빛에 서린 기이한 살기와 아까 전 남궁혁도 따라잡지 못한 보법에서 느껴지는 이상한 기운.

'뭔가 익숙한 느낌이었는데.'

그러나 가만히 생각에 잠길 여유 따윈 없었다. 양가 창법은 무림사에 신화적인 존재로 남은 두 개의 창법 중 하나.

그 정수를 이어받은 창법이 폭발적인 속도와 압력으로 쇄도하기 시작했다.

"하하하! 겁먹었느냐! 남궁세가의 이름도 별거 아니구나!"

금진차는 광포하게 웃어 대며 팔 척 길이의 두꺼운 장창을 회오리처럼 휘둘러 댔다.

이를 관중석에서 지켜보던 누군가가 의아한 듯 중얼거렸다.

"금진차가 저렇게 거친 사람이었나? 이전 예선까지는 진중하고 조용한 성격이었는데. 참 사람은 알 수가 없군."

그가 중얼거리든 말든 비무장 위의 대결은 더욱 거칠어져 갔다.

남궁혁은 날래게도 금진차의 창을 요리조리 빠져나갔다.

이를 지켜보던 진우가 이상하다는 듯 미간을 찌푸렸다.

"사부님답지 않으신데요. 뭘 살피고 계신 걸까요?"

"맞아. 사부님이 계속 저렇게 방어만 하실 리가 없는데?"

진하도 거들었다. 그들이 보기에 남궁혁은 뭘 기다리고 있는 건지 계속 금진차를 살피면서 공세를 지속해 가고 있었다.

"뭔가 생각이 있으시겠죠."

그렇게 말하는 제갈화영도 남궁혁이 왜 그러는지 알지 못했다.

이윽고 심판관이 노란 깃발을 들어 올렸다.

"이백 합!"

예선전의 규칙이었다. 예선은 삼백 합 이내에 승부를 봐야 한다.

그러지 못하면 심판관의 주관에 따라 승패를 결정한다.

노란 깃발이 올라가자 남궁혁이 태세를 전환했다.

"아무래도 더 관찰하는 건 무린 거 같군!"

남궁혁의 검이 금진차의 창 끝을 강하게 내려쳤다.

순간 금진차는 마치 얼어붙은 듯 그 자리에 멈췄다. 마치 움직이지 말라는 명령이라도 들은 것 같았다.

힘의 중심점을 얻어맞은 금진차는 그대로 남궁혁에게 빈틈을 허용했다.

대연군림검 시초검의 응용이다. 검기를 사용했다면 그 한 수로 시합이 끝났겠지만 그게 아니었기에 금진차를 잠시 멈칫거리는 정도에 그쳤다.

하지만 고수들의 대련에서 그 정도의 찰나는 승부를 결정지을 수 있는 요소다.

순식간에 금진차의 거리 안으로 파고든 남궁혁이 빠르게 검을 휘둘렀다.

챙강—!

질 좋은 쇠가 단숨에 잘려 나가면서 맑은소리가 허공을 울린 후, 이어 반 동강난 창간으로 인해 창끝이 바닥에 우당탕 떨어졌다.

금진차의 창을 베어 낸 남궁혁의 검 끝은 이미 한 바퀴를 돌아 그의 명문혈을 겨누고 있었다.

"이 정도면 남궁의 이름값을 알기에 충분하겠지요?"

"크윽……."

심판관이 남궁혁의 승리를 알리는 푸른 깃발을 높이 들어 올렸다.

귀빈석에서 진우와 진하가 기쁨에 차서 남궁혁의 이름을 부르는 것이 들렸다.

그러나 남궁혁의 시선은 오로지 금진차의 눈에 가 있었다.

"내가 졌다. 깃발도 올라갔는데 언제까지 이러고 있을 생각이지?"

금진차는 아까의 그 광포한 웃음을 흘리던 그라고 생각하기 어려울 정도로 차분한 목소리로 말했다.

마치 다른 사람 같았다. 내가 착각했나? 남궁혁은 자신이 좀 예민했다고 생각하며 검을 거뒀다.

"금림상단의 지원을 받아 폐관 수련까지 들어갔는데, 본선 무대에도 못 오를 줄은 몰랐군. 좋은 비무였다."

"저도 그렇게 생각합니다. 소문으로만 듣던 전설의 창법을 견식해서 영광입니다."

금진차의 정중한 인사에 남궁혁도 포권으로 답했다. 아까 시선을 피하며 설렁설렁 예의를 갖춘 것과는 전혀 다른 모습이었다.

"우리 금가장도 양가장의 방계나 다름없는 문파다. 같은 방계로서 자네의 선전을 응원하지."

그는 남궁혁이 꽤 마음에 들었는지 씩 웃으며 비무대를 내려갔다.

아까의 불길하고 찜찜하던 기운은 전혀 느낄 수 없는 모습이었다.

'음. 역시 착각이었나 봐.'

이틀 연속 비무를 하느라 신경이 곤두선 모양이었다. 남궁혁은 검을 갈무리하고 다른 이들이 기다리는 귀빈석으로 올라갔다.

"수고하셨어요."

제갈세가의 자리로 가자 제갈화영이 자리를 마련해 주곤

시원한 물 한 잔을 내밀었다. 남궁혁은 아무렇지 않은 척 냉수를 받아 마셨다.

괜히 제갈화영의 입술에 눈이 가려 해서, 남궁혁은 비무대 위로 시선을 고정했다.

마침 다음 예선을 치르는 비무자들이 무대 위로 올라오고 있었다. 그중 한쪽은 소림의 제자로 보였다.

"어라? 제갈소저, 원래 대문파는 전부 육십사 강부터 올라가는 거 아니었어요?"

남궁혁이 정말 아무렇지도 않아 하는 바람에 살짝 뾰로통해져 있던 제갈화영은 토라진 티를 내지 않으려 노력하며 남궁혁이 궁금해하는 바에 대답을 해 주었다.

"각 문파에서 밀어주는 후보만 그래요. 보통은 자파 후보를 방해하지 않기 위해 잘 참가하지 않지만, 지금 저 소림의 제자처럼 개인의 실력을 점검하려고 참가하는 경우도 있답니다."

"호오. 잘됐네요. 마침 구대문파 제자들의 실력이 궁금하던 참이었는데."

이윽고 다음 비무가 시작되었다. 소림승은 소림 특유의 권각법을 선보이려는지 자세를 단단히 잡았다.

반면 상대는 비무를 할 생각이 있기는 한 건지 한쪽 손으로 귀를 후비적거리고 있었다.

다른 한 손에 든 거대한 태도는 바닥에 축 늘어트린 채였다.

누가 봐도 비무에 임하는 사람이라고 보기 힘든, 무례하기 짝이 없는 모습이었다.

그러나 소림승이 파고들기 시작하자 녀석의 태세가 급변했다.

그 무거운 태도가 가벼운 비도라도 된 양, 허공을 갈기갈기 찢으며 거친 공격에 나선 것이다.

천 년 소림의 제자요, 비무 대회에 실력을 검증하러 나왔으니만큼 그 실력도 나쁘지 않을 텐데. 소림승은 태도에 실린 거력을 이기지 못하고 몇 번이나 뒷걸음질 치는 모습을 보여야 했다.

"이상하네요. 저 사람은 여기까지 올라올 만한 실력자가 아닐 텐데."

제갈화영은 어디서 입수한 건지 참가자의 정보를 적어 둔 책자를 뒤적이며 중얼거렸다.

"어?"

남궁혁은 미간을 좁혔다. 방금 태도를 든 녀석의 눈빛에 어린 살기가 익숙했다.

온몸에 구더기가 꾸물꾸물 기어오르는 것 같은 기분 나쁜 감각.

눈가에 일렁이는 검붉은 기운.

'마기?'

그러나 그 기운이 피어오른 건 아주 잠시였다.

무지막지한 거력으로 소림승을 몰아붙이던 상대는 언제 그랬냐는 듯 갑자기 졸속으로 태도를 휘두르기 시작했다.

아까의 모습은 어디 간 건지 오히려 태도의 무게에 휘둘리기까지 했다.

소림승은 안도의 한숨을 내쉬며 안정적으로 그를 압박해 나갔고, 결국 상대를 꺾고 승리를 거뒀다.

초반 시작과 다른 반전의 결과에 모두들 함성을 지를 때, 남궁혁은 혼자서 표정을 딱딱하게 굳히고 제갈화영을 불렀다.

"······제갈 소저. 이따 끝나고 잠깐 시간 좀 내주세요."

"어머. 무슨 일이신가요?"

혹시 남궁혁이 어제의 일에 대해 얘기하려는 건가 싶어, 제갈화영은 살살 눈웃음을 치며 되물었다.

그러나 남궁혁의 표정은 전혀 남녀 간의 정분을 논하고 싶어 하는 얼굴이 아니었다.

"뭐 때문에 그러시는 거죠?"

제갈화영이 그의 분위기를 눈치채고 말투를 바꿨다. 여인이 아닌 책사의 말투였다.

"여기는 듣는 귀가 많으니 나중에 얘기해요."

남궁혁과 제갈화영의 표정이 침잠한 가운데 그날의 예선전은 끝이 났다.

기린대원 전원이 삼 차 예선을 통과하는 쾌거를 거두었는데도 남궁혁의 표정은 썩 밝지 못했다.

남궁혁의 심각한 얼굴에 본선 진출을 축하하려던 기린대원들도 조용히 제 방으로 들어갔고, 남궁혁은 혼자 후원을 거닐며 생각에 잠겼다.

삼 차 예선에서 맞붙었던 금진차에게서 느껴졌던 분위기의 반전.

소림승과의 대전에서 갑자기 이상한 괴력과 실력을 보였다가 갑자기 꽃이 시들 듯 힘을 잃어버린 태도의 사내.

두 사람에게는 공통점이 있었다.

눈가에 일렁이던 수상한 기운.

그건 분명 마기였다.

착각일 수도 없다. 한 번이라면 그저 자신이 예민했거니 하겠지만, 벌써 하루에 두 번이다.

다른 사람들이면 모를까, 이전 생에서 마기에 잠식된 마인을 눈앞에서 보았던 남궁혁이 마기와 다른 기운을 착각하기란 쉽지 않다.

'분명 지금 시기에 마교가 움직이는 일은 없었는데.'

아무리 기억을 되짚어 봐도 그랬다. 하지만 이제 인정할 때가 됐을지도 모른다.

슬슬 남궁혁이 기억하는 예전의 삶과 많은 것이 달라지고 있음을.

마침 후원 입구에서 옷자락 바스락거리는 소리가 들려왔다. 제갈화영이었다.

"오셨어요."

"무슨 일이기에 그리 심각한 얼굴로 소녀를 찾으신 거지요?"

제갈화영 또한 지금껏 보지 못했던 진지한 모습이었다. 책사로서의 제갈화영은 원래 이런 얼굴을 하고 있는 모양이었다.

남궁혁은 머리를 긁적였다. 대체 어떻게 얘기를 꺼낸다.

마교가 감숙성 저 너머로 쫓겨난 지도 벌써 백 년이 넘는 세월이 흘렀다.

아무리 남궁혁을 생명의 은인이요 주군으로 따르는 제갈화영이라지만 무림맹 한복판에서 마기를 느꼈다는 말은 미친놈처럼 들릴지도 모른다.

"우선, 내 말이 믿기지 않을지도 모르겠지만, 믿어 줬으면 좋겠어요."

"그러지요."

제갈화영은 순순히 고개를 끄덕였다. 남궁혁은 그녀를 믿고 조심스레 말을 이었다.

"이번 무림맹 비무 대회에 마교가 잠입했을지도 몰라요."

"……마교라고요?"

"말도 안 되게 들린다는 거 알아요. 하지만 믿어 줬으면 좋겠어요."

"남궁 공자께서 아무 이유 없이 그런 말씀을 하지는 않으실 테고. 뭔가 증거라도 발견하신 건가요?"

이렇게 말하는 것을 보니 제갈화영도 팔마흔의 등장에 대해서는 모르는 모양이었다.

하는 수 없이 남궁혁은 제갈민이 자신을 불러 팔마흔에 대한 정보를 알려 줬다는 내용과 함께, 비무 대회에서 마기가 느껴지는 사람들을 발견했다는 얘기를 전했다.

이전 생에서 마교의 침공을 겪었다는 얘기보다는 그쪽이 훨씬 설득력 있을 테니까.

남궁혁의 얘기를 다 들은 제갈화영은 잠시 생각하더니 입을 열었다.

"민 숙부가 그렇게 말씀하셨다면 가능성이 있어요. 그렇지만 무림맹 내에 마기를 흘리는 자들이라니……."

"믿기 어렵겠지만 사실이에요. 나도 직접 대련한 게 아니었다면 눈치채지 못했을 거예요."

"그치만 그들은 아무리 대문파의 사람들이 아니더라도 전부 신분이 확인된 정파 무림인인걸요."

"마혈단의 경우가 있잖아요. 무공을 익힌 자들에게까지 팔마흔이 나타났다면, 잠복기를 두고 마기가 발현하는 단환을 만들어 냈을지는 아무도 모르는 거예요."

제갈화영이 입술을 깨물었다. 마교라니. 이건 아무리 그녀가 천기신녀라 불리는 재녀라고 해도 혼자서 생각할 문제가 아니었다.

"남궁 공자의 말이 맞다면 이건 저희들 차원에서 해결될 일이 아닌 것 같아요."

"내 생각도 그래요. 그래서 말인데, 어디에 알리는 게 좋을까요?"

제갈화영을 부른 것은 바로 그것을 의논하기 위해서였다.

거의 백 년 넘게 평화가 지속되어 온 정파 무림이다. 아무 데서나 그 얘기를 꺼냈다간 오히려 뭇매를 맞을 가능성이 높았다.

"우선 남궁 공자의 말을 전적으로 신뢰하는 곳에 논의하는 게 좋겠어요."

"그렇다면 남궁세가겠군요."

"그리고 제 본가에도 이 일을 알릴게요. 제갈가는 과거 마교의 침공에 대한 많은 정보를 갖고 있으니까요. 민 숙부는 무림맹에도 경고를 전할 수 있을 거예요."

"그렇게 합시다. 본가에 서둘러 연락을 취해야겠어요."

두 사람은 얘기를 마치고 후원을 빠져나갔다. 남궁혁은
제갈화영을 처소의 앞까지 배웅했다.

"저를 믿고 이런 중대한 얘기를 해 주셔서 감사해요."

"별말씀을요. 제갈 소저는 남궁장인가의 참모잖아요? 당
연한 얘기죠."

제갈화영은 살짝 미소 지으며 남궁혁에게 포권을 취한
후 돌아섰다.

당연한 얘기라는 말이, 당신은 남궁장인가의 참모라는
말이 제갈화영의 눈가를 촉촉이 적셨다.

천기신녀라는 이름을 얻기까지 그녀가 세가 내에서 얼마
나 열심히 분투해 왔던가.

아무리 뛰어난 재주를 갖고 있어도 어차피 여인이고 곧
죽을 계집이라며, 너의 의견은 그저 참고만 할 거라던 본가
의 고집스러운 원로들.

그들을 설득하기 위해 자체적으로 정보망을 꾸리고, 아
픈 몸으로 정보를 해석하던 나날들이 머릿속으로 스쳐 지나
갔다.

하지만 지금의 그녀는 몸도 거의 다 나았고, 자신을 단순
한 여인이 아니라 인재로 봐 주는 사람을 모시고 있다.

그러한 사실이 마교의 등장이라는 이 심상치 않은 상황에서도 제갈화영을 웃게 만들었다.

*   *   *

이튿날.

남궁세가로 서찰을 보내려던 남궁혁은 남궁세가의 사람들이 무림맹 내에 도착했다는 연락을 받았다.

비무 대회 참가자인 남궁옥은 물론이고, 남궁옥의 부친이자 가주이기도 한 남궁현열이 왔다는 소식에 남궁혁은 바로 그들이 머물고 있는 청운당 내의 처소로 향했다.

청운당, 홍운당, 녹운당 세 개의 급으로 나뉘어 있는 무림맹 내의 숙소 중에서 나름 귀빈용으로 분류되는 청운당이었지만, 남궁세가 본가에 주어진 처소는 남궁장인가가 머무는 곳과 비교하기 어려울 정도로 고급스러웠다.

남궁장인가의 숙소가 한 채 규모의 전각이라면 남궁세가의 숙소는 마치 별장 같았다.

무림맹의 무사들이 직접 문 앞에서 경비를 설 정도였다.

물론 그들이 경비를 선다고 해서 그 안에 있는 사람들이 보호를 받아야 할 만큼 약한 건 아니었다.

하지만 지금처럼 무림맹의 문이 온갖 사람들에게 활짝

열려 있을 때에는 적당히 방문객을 걸러 줄 필요성은 있으니까.

그런 점에서 특별히 남궁가의 숙소 정문을 지키게 된 무사 한섬은 상당한 책임감과 자부심을 느끼고 있었다.

이번 비무 대회에서 구파일방과 오대세가 숙소 경비를 맡기 위해 그가 얼마나 애를 썼는지!

경비 배치가 결정되기 전, 무림맹 무사들 사이에서는 이 자리를 차지하기 위한 물밑 경쟁이 상당했다.

이 자리의 경비에 그만한 이득이 있으니까.

비무 대회 관중들을 감시하거나 녹운당 내의 왈패들을 관리하기 위해 땀을 뺄 필요가 없다는 건 그저 기본적인 요소일 뿐이다.

이 자리의 장점은 그뿐이 아니었다.

감히 구파일방이나 오대세가에 시비를 걸 정도의 녀석은 없으니 크게 긴장할 이유도 없고, 귀한 분들을 만나러 오는 어중이떠중이들에게 마치 대문파의 일원이 된 것처럼 거드름을 피워 볼 수도 있다.

특히 오대세가는 나름 체면을 중시해서 비무 대회 기간 동안 숙소의 경비를 선 이들에게 적잖은 사례를 주기도 했다.

'그래도 역시 이 자리의 제일 좋은 점은 무림 최고의 미

녀들을 가까이에서 볼 수 있다는 점이지.'

한섬은 아침에 스쳐 지나갔던 빙검화 남궁옥의 얼굴을 떠올리며 황홀한 표정을 지었다.

무림의 여인들은 평범한 여인들과는 다른 매력이 있었다.

무공을 익히고 수련을 게을리 하지 않다 보니 쭉 뻗은 팔다리와 훤칠한 키는 물론, 깨끗한 피부에 호수처럼 깊은 눈동자를 갖고 있었다.

그중에서도 강호 팔화나 별호에 꽃 화자가 붙는 여인들의 미모는 한섬 같은 평범한 무인은 평생에 한 번 볼까 말까한 아름다움을 발했다.

거기에 강한 무공과 든든한 뒷배경까지. 그야말로 선망의 대상이라고나 할까.

그런 여인을 비무 대회 기간 내내 여러 번 볼 수 있다는 건 평생 술자리에서 자랑으로 삼을 만한 일이었다.

이 자리를 차지하기 위해 경비대장에게 적잖은 술을 사날랐지만, 불운하게도 남자들만 있는 무당파와 소림, 얻어먹을 건더기는 조금도 없는 개방으로 간 동료들이 한섬에게 보내는 부러움의 시선을 느낄 때면 그 정도 돈은 아무것도 아닌 것처럼 여겨졌다.

"흠!"

한섬은 어깨에 힘을 팍 주고 남궁세가의 숙소 앞을 지나다니는 사람들에게 눈을 부라렸다.

정말 볼일이 있는 사람들도 있지만 대체로는 남궁옥의 미모를 지나가면서라도 보려고 기웃거리는 시정잡배들이 한가득이었다.

저런 놈들의 시선에서 남궁세가의 금지옥엽을 지켜야 한다는 사명감에 불타오르고 있을 때, 웬 청년이 그에게 말을 걸었다.

"여기가 남궁세가가 있는 숙소인가요?"

한섬은 청년을 쓱 훑어보았다.

키는 제법 훤칠하고 생김새는 온화하다. 고작 경비에 불과한 한섬에게도 말투를 부드럽게 쓰는 것이 나쁜 마음을 먹거나 한 녀석은 아닌 거 같았다.

그래도 어디 대문파의 제자나 강호 십세의 귀공자는 아닌 거 같으니 이 한섬의 검문을 받아야 했다.

"웬 놈이냐?"

"옥 누님을 만나러 왔는데요."

"옥 누님―?"

한섬이 눈살을 찌푸렸다. 옥 누님이라니. 빙검화 남궁옥을 이렇게 친근하게 부르는 남자가 있다니?

말도 안 됐다. 그녀가 누구인가. 별호에 얼음 빙자가 들어

갈 정도로 남자에게 차갑기로 소문난 도도한 꽃이 아니던가.

"네놈은 누구기에 여협의 이름을 함부로 부르는 거냐!"

아무리 봐도 남궁옥에게 접근하고자 하는 수상쩍은 놈이 틀림없었다.

온화해 보이던 인상도 순식간에 음험하게 느껴졌다. 속에 뭔가 꿍꿍이를 감춘 놈 같았다.

한섬이 눈앞의 청년에게 검을 뽑으려던 찰나, 문 안에서 누군가의 부드러운 목소리가 들려왔다.

"혁이니?"

한섬은 반사적으로 뒤를 돌아보았다. 이 목소리의 주인이 누구인가.

한 번 옆모습이라도 스쳐 지나갈 때마다 감동해 마지않는 남궁세가의 금지옥엽, 남궁옥이 아닌가.

"누님!"

"혁이 맞구나. 왔으면 어서 들어오지 거기서 뭘 하고 있어."

남궁옥은 해사하게 웃는 얼굴로 손수 문 앞으로 나와 남궁혁의 손을 잡았다.

그녀의 거침없는 행동에 한섬은 제 눈깔이 튀어 나가는 줄 알았다.

남궁옥 소저께서 저렇게 친근하게, 사르르 녹는 눈웃음을 보이면서, 직접 손까지 잡고 이끄는 저 청년은 대체 누구란 말인가!

그러나 한섬의 놀라움은 거기서 그치지 않았다.

"혁이 왔느냐? 안 그래도 내가 직접 찾아갈까 했더니 먼저 왔구나."

남궁옥의 목소리에 버선발로 뛰쳐나오다시피 한 이는 바로 남궁세가의 가주인 남궁현열이었다.

한섬은 제 본분도 잊고 문 안에서 일어나는 상황을 멍하니 바라보았다.

남궁세가의 가주가 먼저 찾아갈 정도의 청년이라니?

문득 한섬은 무서운 사실을 깨달았다.

빙검화가 그토록 친근하게 대하고, 남궁세가주가 체면치레도 없이 환영하는 청년을 자신이 문전박대 하려고 했다니!

그의 얼굴이 하얗게 질렸다. 제발 아까 일은 모른 척해 달라고 눈빛으로라도 싹싹 빌고 싶은데, 청년은 남궁현열, 남궁옥과 화기애애한 대화를 나누느라 한섬 쪽으로는 고개를 돌리지 않았다.

만약 저 청년을 홀대한 것이 무림맹 무사들을 총 관리 감독하는 제갈민의 귀에라도 들어가게 된다면······!

단순히 무림맹에서 잘리는 것 이상의 일을 당할지도 모른다는 생각에 한섬의 손에서 힘이 빠져나갔다.

철그렁—!

남궁현열은 남궁혁과 함께 내실로 들어가려다가 귓가를 울리는 소리에 뒤를 돌아보았다.

'검이 바닥에 떨어지는 소린데?'

무슨 이유에선지 무림맹에서 경비랍시고 보내 준 무인이 빈손을 한 채 얼빠진 얼굴을 하고 있었다.

그는 수염을 쓰다듬으며 혀를 찼다.

"끌끌. 요새 무림맹의 무사들 수준이 현저하게 떨어졌다더니 사실이었나. 남궁세가의 앞에 검을 놓치는 무사를 배치하다니. 오늘 맹주를 만나면 한마디 해야겠군."

그렇게 세 사람은 실의에 빠진 한 경비 무사를 두고 안으로 들어갔다.

남궁현열은 남궁세가의 가주라기보다는 친근한 친척 아저씨의 얼굴을 하곤 남궁혁에게 자리를 안내했다.

이번 비무 대회에는 남궁현열과 남궁옥만 왔으니, 굳이 남들 눈치 보며 미래 사윗감으로 생각하고 있는 남궁혁에게 위엄을 세울 필요가 없는 것이다.

남궁현열에게 무례를 저질렀다가 큰 면박을 당했던 태안 상단의 문권열이 봤다면 질투에 가슴을 칠 장면이었다.

"오자마자 네 얘기는 들었다. 예선을 시원하게 통과했다고?"

"본가의 대연군림검을 전수받은 제가 고작 본선에도 못 오르면 부끄러워서 성이라도 갈아야죠."

남궁혁이 겸손하게 웃자 남궁옥이 옆에서 거들었다.

"혁이가 본선에 오른 건 당연한 일이지만, 혁이가 이끄는 기린대의 대원들도 전원 본선에 올랐다고 합니다, 아버님."

"호오, 기린대가?"

과연 세가를 이끄는 가주답게 남궁현열은 기린대의 선전에도 관심을 보였다.

기린대가 전부 대문파 속가 제자의 무도원 출신이라는 사실은 남궁현열도 잘 알고 있었다.

그 말은 배운 무공이며 타고난 자질이 아무리 잘 쳐줘도 일류는 못 된다는 소리다.

정말 예외적으로 자질이 일류이지만 운이 없어 대문파에 들어가지 못한 경우도 있겠지만 가진 무공이 형편없어서야 그 재능도 개화하기 어렵다.

즉 철저한 노력과 땀으로 만들어 낸 결과라는 뜻이다.

물론 그 주인이 무림에서 손꼽히는 장인이니 그들이 갖춘 장비 또한 엄청난 수준인 것도 한몫했으리라.

"아무리 어중이떠중이가 많았던 예선이라고는 하나, 본선에 오를 정도라면 그 실력이 대문파의 내로라하는 제자들 못지않다는 뜻이지요. 혁이가 누굴 가르치는 재주도 뛰어난

가 봅니다."

"나중에 기회가 되면 부하들을 어떻게 수련시켰는지에 대해서 한 번 들어 보자꾸나. 그보다 뭔가 할 얘기가 있어서 찾아온 것 같은데."

"과연 가주님이세요."

남궁혁은 빙긋 웃으며 자신이 여기 온 이유를 설명하기 시작했다.

내용은 제갈화영에게 설명한 것과 똑같았지만 침묵은 훨씬 길었다.

겨우 당황을 수습한 남궁옥이 입을 열었다.

"……갑자기 웬 뜬금없는 소리니, 혁아. 마교의 흔적이라니."

"아니다, 옥아. 가능성이 있는 얘기다."

"역시 숙부께서는 뭔가 알고 계셨군요."

남궁현열이 고개를 끄덕였다. 남궁세가의 가주쯤 되는 사람이 팔마흔의 등장이라는 중요한 사실을 모를 리 없었다.

"옥이 네게는 얘기하지 않았다만, 구파일방과 오대세가의 수뇌부는 다들 마교의 움직임에 대해 알고 있었단다. 그리 위협적일 수준은 아니지만 괜히 무림이 불안에 휩싸일까 봐 비밀리에 하고 있었지."

"그런데 혁이 네게 하나 궁금한 것이 있구나. 대체 어떻게 마기의 준동을 눈치 챈 것이더냐?"

남궁혁의 말대로라면 상대는 마인이 아니라 평범한 정파의 무인들이었다.

그러나 갑자기 폭발적인 실력을 선보이며 흐릿한 마기를 선보였다.

마혈단이나 폭혈단과 같은 마환단을 먹은 경우. 아직 마기에 완전히 잠식되지 않았을 때의 증상이다.

이 때 그들의 몸에 마기가 침투했다는 사실은 몸에 드러난 팔마흔으로 밖에 구분할 수 없었다.

그런데 팔마흔을 본 게 아니라 눈빛에서 흐릿한 마기를 읽어 냈다니?

마교가 중원에서 물러난 지 백 년이 넘었다.

남궁현열도 지금 마기와 다른 사특한 기를 놓고 구분하라고 하면 확실히 이것이 마기다 단정하기 어려웠다. 마기를 겪어 본 경험이 없으니까.

그런데 젊은 남궁혁이 그걸 마기라 확신한 것이 신기하게 느껴진 것이다.

"실은 제가 오행신공을 익히고 있거든요."

"호오, 오행신공을? 그 절전된 무공을 익히고 있다니……."

"그 신공에 마기를 느끼는 특별한 점이라도 있는 거니?"

남궁옥의 물음에 남궁혁이 고개를 끄덕였다.

"마공은 음의 오행을 기반으로 하는 무공이죠. 제가 익히고 있는 오행심공은 사실상 양의 오행을 기반으로 하는 거고요. 그러다 보니 마기에 유독 예민한 기감을 갖고 있어요."

적당히 이들을 설득하기 위해 만들어 낸 변명이었지만 이론적으로 전혀 틀린 말도 아니었기에 두 사람은 고개를 끄덕였다.

"문제는 그 마기가 미세하지만 벌써 두 사람에게서 느꼈다는 겁니다. 이번 대회는 유독 참가자가 많이 몰리지 않았습니까. 무림맹 내에 마교의 끄나풀이 상당수 침투했을지도 모릅니다."

"그렇다면 상당히 심각한 문제긴 하군."

"저는 그리 심각하게 느껴지지 않습니다, 아버지."

남궁옥이 끼어들었다.

무림맹 한복판에서 마기가 느껴졌는데 심각한 일이 아니라니? 남궁옥이 그 정도 생각도 못 할 여인은 아닌데.

남궁혁은 일단 그녀의 말을 들어 보기로 했다.

"마기의 발견은 분명 조사해 봐야 할 문제입니다만, 혁이의 말대로라면 그들의 실력은 마기로 인해 잠력을 폭발했을 때도 겨우 일류에 못 미치는 수준입니다. 게다가 그 시간도 현저하게 짧고요."

남궁옥의 말에도 일리가 있었다. 남궁혁이 마기에 대해 유달리 민감하게 반응한 편이기는 했다.

남궁현열은 잠시 고민하다가 입을 열었다.

"일어나야겠다. 맹에 와 있는 각 문파의 원로들과 맹주를 모아 얘기를 해 봐야 할 것 같구나. 아무리 그들의 실력이 모자라다고 해도 마교가 뭔가 수상쩍은 일을 하는 것은 확실하니까."

"네. 부디 그래 주셨으면 합니다. 그들의 실력이 숙부나 다른 고수 분들에 미칠 정도는 아니지만, 상당한 실력자가 숨어 들어왔을지도 모르는 일이니까요."

"그래. 안 그래도 많은 관중이 몰렸는데 이 때문에 평범한 사람이 다치기라도 하면 안 되지. 너도 그만 돌아가 본선 준비를 하거라."

남궁혁은 남궁현열과 함께 내실을 나섰다. 남궁옥도 오후에 비무를 치러야했기에 오래 대화를 나눌 여유는 없었다.

남궁혁은 한결 가뿐한 마음으로 본선 비무장으로 향했다.

본선부터는 특별히 만들어진 대형 비무장에서 시합이 치러진다.

예선을 치를 때는 관객도 적고 검기도 쓰지 않다 보니 평소 무림맹에서 비무나 대련을 할 때 쓰던 작은 비무장으로도 충분했지만, 검기를 사용하게 되면 일반인이 다칠 수도 있으니 상당히 큰 무대에서 경기를 치러야 했다.

거기에 본선 무대에는 특수한 지형지물과 진법까지 설치하게 되었다.

무공 실력이란 단순히 내공의 양이나 초식의 뛰어남뿐 아니라, 환경을 주의 깊게 살피고 적극 활용하는 자세도 포함해 평가해야 한다는 제갈민의 주장 때문이었다.

진법의 종류는 총 네 가지로, 불길이 들끓는 화염진, 우박과 얼음이 쏟아지는 빙옥진, 몸이 휘청거릴 정도의 바람이 부는 풍랑진, 그리고 사천 당가의 도움을 받아 만들어진 독액진이 무작위로 선택되게 되어 있었다.

여러 가지 조건을 만족시키기 위해 본선 무대는 특별히 무림맹 내가 아니라 인무문 밖, 대파산 기슭의 한 협곡에 만들어졌다.

협곡 내부에는 약 오백 평가량의 석단을 세워 비무대를 만들었고, 가파른 협곡을 다듬어 관중들이 비무대를 내려다볼 수 있게 만들어, 그 크기만으로도 충분히 화젯거리가 될 만한 수준이었다.

남궁혁은 차례를 기다리며 자신의 상대에 대한 정보를

탐색했다.

본선 무대에 오른 육십사 인 중 구파일방과 오대세가의 인물이 아닌 이들은 약 서른 명 정도.

그중 남궁혁을 비롯한 열댓 명은 실질적으로 대문파와 깊은 관계를 맺고 있으니, 그 외의 진출자는 실질적으로 열댓 명 정도.

만약 본선 진출자 중에서도 마교와 접촉한 이들이 있다면 저 열댓 명 중에 있을 가능성이 높았다.

"천룡과 당경민 그 녀석도 있군."

전대 우승자였던 팽천룡과 전대 준우승, 전전대 우승자인 당경민은 당연히 본선에 포함되어 있었고, 이외에 남궁옥과 제갈화천 등 몇몇 유명한 후기지수들의 이름도 있었다.

전날 친분을 나눈 은태림의 이름은 없었다. 본인 입으로도 자기의 실력은 검이 아니라 소문을 수집하는 귀와 그걸 이용하는 머리에 있다고 했으니까.

"십육 강까지는 크게 무리 없겠는걸."

남궁혁이 대진표를 보며 중얼거리고 있을 때, 한 청년이 그를 힐끗 보며 지나갔다.

'뭐야?'

차가운 뱀이 피부를 훑고 지나가는 것 같은 소름 끼치고 기분 나쁜 시선. 남궁혁은 비슷한 기분을 어디선가 느껴 본 적이 있었다.

바로 당경민의 시선과 비슷했다. 그치만 청년의 시선은 보다 음습하고 질척거리는 구석이 있었다.

"당경천 공자! 독액진이 좀 이상한 것 같으니 봐 주시지 요!"

"네, 알겠습니다."

무림맹의 사람으로 보이는 중년인이 그를 부르며 데려갔 다. 그 기분 나쁜 시선이 이제야 이해가 갔다.

당경천, 당경민의 아우이자 당경수의 형인 당가의 이 공 자가 틀림없었다.

'근데 당경천이 저렇게 생겼었던가?'

남궁혁은 제 옆을 지나치며 의미심장한 미소를 짓는 당 경천을 끝까지 바라보았다.

이전 생에서 남궁혁은 당경천을 본 일이 있었다. 봤다고 는 해도 사십 대의 당경천을 본 거긴 하지만.

'너무 안 닮았는데. 자라면서 얼굴이 많이 바뀌었다고는 해도…… 못 알아볼 수준인 걸?'

하지만 남궁혁은 거기까지 생각하고 대수롭지 않게 고개 를 돌렸다.

당경천은 남궁혁을 스쳐 지나가며 피식 웃었다. 그를 부른 무림맹의 사람은 주변의 눈을 의식하며 청년에게 귀엣말을 건넸다.

"삼 공자. 어찌하여 여기까지 직접 나오신 겁니까? 활마혈단의 시험을 중단하고 철수하라 하지 않으셨습니까?"

그들은 일전에 신무회의 회합이 있는 주루에서 얘기를 나누던 마교의 인물들이었다.

삼 공자라 불린 이는 안색 하나 바꾸지 않은 채, 마치 독액진에 대한 얘기를 나누듯 평이하게 중년인의 질문에 답했다.

"그랬지. 마뇌가 야심 차게 준비한 활마혈단을 복용한 자들의 성과가 구대문파와 오대세가도 아닌 무림의 후기지수들 하나 제대로 눌러 버리지 못할 정도로 시원찮았으니까."

그는 싱긋 웃으며 마뇌의 실수를 신랄하게 비판했다.

활마혈단은 마뇌의 휘하에 있는 마연동의 작품으로, 마기에 잠식당하면 피아를 가리지 못하는 마혈단과 폭혈단의 단점을 개선한 물건이었다.

그러면서도 마기에 혈도가 잠식당하는 시간을 조절할 수 있어 마교 내에서는 활마혈단에 대한 기대가 상당했다.

그러한 활마혈단의 검증 무대로 무림맹 비무 대회가 선택된 것이다.

이를 통해 정파 후기지수들의 실력을 확인해 보고, 활마혈단의 효과가 좋다면 그 참에 무림맹을 휘저어 혼란을 만들고자 하는 세부적인 전략도 준비되어 있었다.

"마뇌가 하도 장담을 하기에 나는 적어도 본선의 절반은 우리가 만든 마인들일 줄 알았는데 고작 두셋이라니. 당가 타에서 여기까지 온 보람이 없군. 우리가 정도 무림을 너무 얕봤어."

"본 교가 오랜 유랑의 세월을 거치는 동안 그들은 자리를 지키며 계속 실력을 다져 왔으니까 당연하다면 당연한 결과 아니겠습니까."

중년인은 씁쓸함을 감추지 못한 목소리로 말했다.

순수한 본신의 힘을 중시하는 마교가 이런 마환단 따위에 의존해야 하는 상황 자체가 너무 답답했던 탓이다.

이런 이들의 대화에 누구 하나쯤 귀를 기울일 법도 했으나, 곧바로 시작된 본선 첫 시합에 그들의 목소리는 곧 묻혀 버렸다.

기관진식이 돌아가는 소리가 요란하게 울리며 비무대의 석판들이 제각기 하늘로 치솟았다. 평면의 비무대는 순식간에 복잡한 구조를 가진 돌 언덕이 되었다.

그 자리에 남궁혁과 해남검문의 허설아가 올라섰다. 상금 백만 냥이 걸린 본선 무대의 첫 시작을 알리는 폭죽 소리

에 사람들의 함성이 미친 듯이 끓어오르고, 동시에 네 개의
진법 중 풍랑진이 펼쳐지면서 비무대 안에는 거친 폭풍이
휘몰아치기 시작했다.

몸을 가누기도 어려워 보이는 거친 바람 속에서 두 사람
은 개의치 않고 뛰어올라 공중에서 첫 합을 겨뤘다.

거친 검격에 검기가 폭사되듯 터져 나가고, 높게 솟아올
랐던 석단 하나가 허설아 대신 파스스 부서져 내렸다.

이제 볼일이 다 끝난 게 분명한 데도 삼 공자는 자리를
뜨지 않았다. 그의 눈은 남궁혁이 들고 있는 검 한 자루에
박혀 있었다.

참으로 아름다운 검이다. 바람을 가르고 지축을 뒤흔드
는 그 검은 척 봐도 그 완성도가 엄청남을 알 수 있었다.

"삼 공자. 가셔야 합니다."

중년인은 불안한 얼굴로 주변을 힐끔거렸다.

"갈 땐 가더라도 빈손으로 갈 수는 없지."

"그게 무슨 말씀이신지……?"

"지금 비무대 위에 서 있는 자가 남궁혁이라고 했던가?"

"네, 맞습니다. 이번에 신병이기를 만들어 이름을 얻은
대장장이입니다."

"좋아. 마신 재림을 위한 제물로 적당하겠어."

청년은 화사한 미소를 지으며 중년인을 돌아보았다.

"무림맹에 와 있는 혼세대 전원에게 전해라. 마신검을 만들 대장장이를 잡아 본교로 귀환한다."

"존명."

중년인은 목소리를 낮추고 얕게 허리를 숙인 후, 인파 사이로 사라졌다.

홀로 남은 청년에게 한 갈색 무복을 입은 무인 하나가 다가왔다. 소매에 사천을 상징하는 촉(蜀) 자를 새긴 당가의 일원이었다.

"이 공자! 소가주께서 부르십니다."

"형님이?"

청년은 다시 사천 당가의 이 공자를 연기하며 태연하게 답했다. 무인은 소리를 낮춰 그에게 귀엣말을 전했다.

"삼 공자님께 모욕을 준 남궁혁이라는 놈을 손봐 줄 생각이신 거 같습니다."

"호오, 독액진을 활용하시려나 보지?"

아무래도 사천 당가의 멍청이들이 본교의 행사에 멍석을 깔아 줄 모양이었다.

청년은 빙긋 웃으며 고개를 끄덕였다. 그들은 곧 당경민을 찾아 어디론가 향했다.

또 한 번의 검격이 터진 후, 남궁혁은 반쯤 부서진 돌 언덕 위에 착지했다.

그의 눈은 거친 바람 속에 몸을 숨긴 해남검문의 허설아를 집요하게 쫓고 있었다.

두 사람은 신무회의 모임에서 가벼운 안면이 있었다.

그 땐 몰랐지만 그녀는 그냥 본선에 올라가는 건 싫다며 직접 예선을 통과한 실력자였다.

검후의 막내 제자이자 풍랑검이라는 별호를 갖고 있는 그녀의 실력은 상당했다.

무엇보다 비바람 치는 해남도에서 살아온 덕분인지 바람 속에서의 균형 감각이 뛰어났다.

익숙지 않은 환경 속에서 남궁혁이 천근추의 수법을 활용하여 겨우겨우 신형을 바로잡는 데 반해, 바람의 결을 타고 휘몰아치는 그녀의 검기는 방어하기가 상당히 까다로웠다.

'하지만 슬슬 익숙해졌어.'

비무가 시작된 지도 벌써 반 각.

아무리 제멋대로 휘몰아치는 바람이라고는 해도 어차피 사람이 만들어 낸 진이라 그 안에는 규칙성이 있었다.

반각이면 그 규칙을 꿰뚫기에 충분한 시간이다.

허설아도 그런 점을 충분히 지각하고 있었다.

지금까지 검을 나눠 본 바, 남궁혁의 실력은 충분히 자신을 상회했다.

환경이 익숙지 않아 아직까진 동률을 이룰 수 있었지만 그가 상황에 적응하고 나면 분명 자신이 꺾일 터였다.

'쳇, 이럴 줄 알았으면 스승님 몰래 유 사숙의 검을 한 자루 받았어야 했어.'

그녀는 혀를 차며 언덕의 그늘 아래 몸을 숨기고 습격의 기회를 노렸다.

실력도 실력이지만 검의 질에 있어서 너무 차이가 났다.

일반적으로 해남검문의 제자들은 장인 유은하의 검을 썼지만 그녀는 달랐다.

허설아의 스승인 검후는 뛰어난 검은 오히려 수련을 방해할 뿐이라며, 사질인 유은하에게 제 제자들에게는 절대 뛰어난 검을 주지 말라고 명했기 때문이다.

그녀 또한 스승의 생각에 동의했기 때문에 지금껏 어느 대장간에서 대충 찍어 낸 검을 사용했다.

이런 저급한 검으로도 충분히 실력을 펼칠 수 있다는 데 자부심도 있었다.

남궁혁의 검과 부딪쳐 보기 전까지는 그랬다.

'대장장이라서 좋겠네. 저 검만 아니었어도 내가 좀 더 유리했을 텐데.'

검과 검이 맞부딪칠 때마다 뛰어난 검이 가진 감각이 생생하게 전해져 왔다.

매끄러운 날, 초식을 전개하는 데 쓸데없는 힘이 들어가지 않는 완벽한 균형, 조금의 낭비도 없이 검기를 뿜어내는 순수한 질까지.

효율성이 나쁜 검으로 반 각 동안 계속 검기를 뽑아내느라 슬슬 단전이 비어 가는 허설아와 달리, 남궁혁은 여전히 느긋하고 여유로워 보였다.

'습격으로 빨리 이 승부를 끝내야 해!'

그녀는 그렇게 전략을 짜며 기회를 엿보았다.

남궁혁이 지금의 자리에서 이동하려고 할 때, 바람의 방향을 타 소리와 움직임을 감춰 빠르게 그를 제압할 생각이었다.

순간 남궁혁이 눈을 감았다.

'비무에서 눈을 감아?!'

저건 아예 비무를 포기했거나 자신을 얕본 것 둘 중 하나였다.

그러나 입가에 떠오른 가느다란 미소로 봐서는 후자가 유력해 보였다.

검을 쥔 허설아의 손에 힘이 빡 들어갔다.

고작 좋은 검 하나 쥐었다고 검후의 제자인 자신을 얕봐?

그녀의 신형이 높이 뛰어올랐다. 몰래 기습을 가하겠다는 생각은 깨끗하게 사라졌다.

당당하게 녀석을 상대해 해남검문과 검후의 위대함을 만천하에 알리겠다는 생각뿐이었다.

순간 눈을 감고 있던 남궁혁의 고개가 공중의 허설아를 향했다.

그는 지금 전신의 기감을 극도로 끌어올린 상태였다.

지금 비무대에 펼쳐진 진법은 오행의 기를 흐트러뜨려 인위적으로 날씨를 만드는 진법.

오행신공의 기감을 끌어올리자 남궁혁에게는 그 기의 흐름이 마치 제 몸처럼 느껴졌다.

그러니 그 안에서 움직이는 허설아의 움직임이 보지 않고도 느껴지는 것이다.

창공 속에서 쏟아지는 수백 개의 검기조차도!

검후의 독문 무공인 비익참이 반직각의 편대를 이룬 채 남궁혁을 향해 쇄도했다.

남궁혁도 가만히 있지 않았다.

검기와 검기의 싸움은 전쟁에 가깝다.

흩뿌려진 검기 하나하나가 병사요, 이를 휘두르는 무인이 장수가 되는 것이다.

수십의 병사가 남궁혁을 향해 돌진하는 태세, 남궁혁의

검은 무수한 궤적이 되어 바람의 사이사이를 갈랐다.

마치 커다란 버드나무가 바람을 휘젓는 모양새.

대연군림검의 풍류검을 따라 버들잎처럼 가는 검기 수백, 수천 개가 하늘에 뿌려졌다.

남궁혁의 검기는 허설아가 쏘아 보낸 검기처럼 일직선으로 쏟아져 내리지 않았다.

비무대 안의 거친 풍랑을 타고 솟아오른 검기는 비익참의 검기를 모두 쳐 내고, 마치 태풍과도 같이 휘몰아치기 시작했다.

"꺄악!!!"

허설아가 그 검기를 쳐 내려 애를 썼지만, 지금까지 그녀의 편이 되어 준 풍랑이 이번에는 반대가 됐다.

온갖 곳에서 쏟아지는 검기를 막다 못해, 허설아의 검이 파직 소리를 내며 산산이 부서졌다.

"비무 종료!"

심판관이 호각을 불며 깃발을 흔들었다.

허설아는 남궁혁의 검기에 옷깃이 너덜너덜해진 채 바닥에 떨어졌다.

산산조각난 그녀의 검도 마찬가지였다.

"남궁장인가의 남궁혁, 승!"

"우와아!"

"대단한데!"

그동안 진법에 막혀 들리지 않았던 관객의 함성 소리가
쏟아져 내렸다.

남궁혁은 씩 웃으며 그들에게 손을 흔들곤 쓰러져 있는
허설아에게 다가갔다.

"괜찮아요?"

"손 치워요."

친절을 베풀었지만 날카로운 목소리가 돌아왔다.

그래도 무인인데 자존심을 건드렸나.

남궁혁이 머쓱한 표정으로 물러서자 허설아가 자리에서
일어나며 날카롭게 그를 쏘아보았다.

"참 좋은 검 쓰시네요. 조건이 같았다면 누가 이겼을까
요?"

가시가 숭숭 돋친 말이었다.

나참, 아무리 졌다고는 해도 상대가 더 좋은 검을 들고
있어서 졌다고 말하다니. 검후도 제자를 잘못 키웠네.

"그러게요. 제가 만약 대장장이 일을 할 시간에 수련을 더
했다면 같은 검을 쥐어도 훨씬 빨리 이겼을 텐데. 그렇죠?"

저렇게까지 말하는데 마냥 곱게 받아 줄 남궁혁이 아니
었다.

나는 무공과 대장장이 일 두 개를 동시에 했는데도 너를

이겼다라는 말을 알아들었는지, 허설아는 얼굴이 새빨개져
선 씩씩대며 비무대 위를 내려갔다.

남궁혁은 비무대에서 내려와 대기석으로 돌아갔다.

검이 좋아서 이겼다. 남궁혁은 피식 웃었다.

아까는 허설아가 빈정거리는 것이 기분 상해 그녀를 비
꼬았지만, 어찌 생각하면 그 또한 자신에 대한 칭찬이다.

자신의 검은 돈으로 사거나 한 게 아니라 수년의 노력 끝
에 직접 만들어 낸 것이니까.

'대장장이 검수로서 최고의 칭찬을 들은 걸지도 모르겠
군.'

여전히 씩씩거리며 이쪽을 노려보는 허설아의 시선을 가
볍게 넘긴 채, 남궁혁은 주변을 둘러보았다.

귀빈석에 남궁현열의 모습이 보이지 않았다.

남궁혁의 시합이니 웬만하면 참석할 텐데, 아직도 마교
와 관련된 회의가 끝나지 않은 건지.

비무가 끝났지만 남궁혁의 긴장감은 가라앉지 않았다.
그는 귀빈석으로 올라가지 않고 대기석에서 비무대를 유심
히 살폈다.

마기를 흘리는 인물이 예선에서만 두 명이나 발견됐다.
그들 중 하나가 본선 무대에 오르지 않았으리라는 법은 없
다.

놈들의 목적이 대체 뭔지 알 수 없지만 주의해서 나쁠 건 없으니까.

어쩌면 녀석들은 비무를 빙자해서 팽천룡 같은 뛰어난 후기지수를 미리 죽여 버리려는 걸지도 모른다.

만약을 대비해 기린대원들 또한 관중석의 요소요소에서 대기하고 있었다.

하지만 오늘 배정된 네 번의 시합이 끝날 때까지 별다른 일은 일어나지 않았다.

시합이 끝나고 남궁장인가의 숙소로 돌아오자 남궁옥이 그를 기다리고 있었다.

"아버지께서 다른 문파의 원로 분들과 얘기를 나눠 보셨다고 한다."

"어떻게 됐대요?"

남궁혁은 남궁옥을 방 안으로 안내하면서 물었다.

자리에 앉자 남궁옥은 그녀가 들은 긴급회의의 결과를 알려 주었다.

우선 남궁혁이 마기를 느꼈다고 지목한 두 사람은 벌써 대파산 인근을 벗어난 상태였다.

어차피 대회에서 탈락한 상황이니 맹을 떠난다고 해도 이상할 건 없었지만, 맹주 도맹건은 그들을 확보하기 위해 각기 무력 부대 하나씩을 출전시켰다고 한다.

그리고 남은 참가자들을 중심으로 철저한 조사와 함께 경비를 강화시킨다는 결정이 내려졌다고.

　　제갈화영이 얘기를 전한 건지 제갈민이 맹과 주변의 경계 강화에 적극적으로 찬성하고 나섰다는 얘기도 함께였다.

　　역시 남궁현열의 입을 빌리기를 잘했다는 생각이 들었다.

　　남궁혁이 직접 발언했다면 이런 즉각적인 결정을 기대할 수 없었을 테니까.

第三章
마교의 습격

  과연 이튿날, 비무장에 가 보자 상당한 실력을 갖춘 게 분명한 무사들이 비무대와 관중석을 지키고 있었다.

  남궁혁은 한결 마음을 놓고 시합에 집중할 수 있었다.

  십육 강까지는 순조로웠다.

  기린대원들은 육십사 강에서 두 명이 떨어지고, 삼십이 강에서 또 두 명이 탈락했지만 기린대주 양명이 십육 강까지 올라가는 쾌거를 거뒀다.

  제갈화천이 삼십이 강에서 떨어진 걸 감안하면 놀라운 결과였다.

  제갈가의 소가주라고는 하나 어린 나이에서 나오는 미숙

함은 어쩔 수 없는 일이었다.

남궁혁은 자신이 십육 강에 진출한 것보다 이를 더 기뻐하며 양명에게 돌아가면 상당한 명검을 만들어 주겠노라 약속할 정도였다.

그렇게 평화로운 며칠이 흐르고, 십육 강 비무가 시작되는 날이 밝았다.

말하자면 이제부터가 진짜 싸움이었다. 십육 강에 진출한 열여섯 명 중에는 남궁혁이 아는 이름도 많았다.

팽천룡과 당경민, 그리고 남궁옥.

이 셋이서 언제나 후기지수의 수좌를 다투는 만큼 가장 경계해야 할 대상이라고 할 수 있었다.

비무장에서 남은 열여섯 명의 이름을 보던 남궁혁은 문득 의아한 사실을 떠올렸다.

"이번에 청연이가 안 왔네?"

들기로는 분명 모용세도 참가한다고 했는데, 대진표에서 모용가의 이름을 본 적이 없는 것 같았다.

그간 마교며 본선에 집중하느라 미처 눈치채지 못하고 있었다. 어디 아픈 데라도 있는 걸까?

"이번 상대는…… 어라?"

모용청연의 걱정을 미뤄 두고 남궁혁은 대진표를 다시 한 번 손으로 짚어 내려갔다.

남궁혁의 십육 강 상대는 바로 팽가의 기둥, 천룡도 팽천룡이었다.

"다음 상대가 천룡이라. 쉽지 않은 싸움이 되겠는데."

그날 이후 팽천룡과 만난 적은 없었다.

남궁혁이야 마교 때문에 정신이 없었고, 팽천룡은 자신의 비무에 집중함과 동시에 각광받는 후기지수로서 여기저기 불려 다닐 일이 많아서 바쁘다고 은태림이 전해 주었다.

'한 번은 붙을 거라고 예상했지만 생각보단 빠르군.'

손에 살짝 땀을 쥐면서도 남궁혁의 입가에는 미소가 떠올랐다.

긴장보다는 기대감이 앞섰다.

팽천룡.

이전의 삶에서 그는 남궁혁이 감히 눈을 마주할 수도 없었던 절대 고수였다.

동년배인 그의 삶을 남궁혁은 내심 부러워하기도 했다.

누가 안 그랬으랴. 무공을 익히는 자라면 누구나 한 번쯤 천하제일인을 꿈꿔 보지 않던가.

비록 무인이 아닌 대장장이의 삶을 사는 남궁혁이었지만 동경하지 않을 수 없었다.

이전 삶의 팽천룡은 바로 그런 자였다.

팽가의 가주였음에도 신기할 정도로 무림맹에 방문하는

일이 없어 이전 삶에서는 얼굴조차 본 적이 없는 그였는데.

지금은 그와 술을 마시며 친분을 쌓고, 말을 놓고, 이제는 대등한 입장에서 비무대에 서 실력을 가르는 입장이 되다니. 새삼 감회가 새로웠다. 정말 나는 새로운 삶을 살고 있는 거구나.

"다음 비무에 출전할 선수들은 비무대 위에 올라가 주십시오!"

감상에 빠져 있는 사이 어느새 비무를 시작할 시간이 되었다.

남궁혁이 비무대 위로 올라가려 할 때, 저 멀리서 제갈화영이 갑자기 뛰어왔다. 늘 나긋나긋한 몸가짐을 선보이던 그녀답지 않은 몸놀림이었다.

무슨 일이라도 있는 건가?

설마, 마교가?

"무슨 일이에요?"

남궁혁이 비무대에 올려가려다 말고 멈춰 섰다. 제갈화영은 그의 앞에 와 숨을 고르고선 남궁혁의 귀에 속삭였다.

"마교가요?"

남궁혁이 헛바람을 삼켰다. 그러나 표정은 그리 심각하지 않았다.

제갈화영이 전한 말은 이랬다.

대파산 자락에서 갑자기 마기를 분출하며 난동을 부린 이들이 있었다.

그들 대부분이 이번 대회에 참가했다가 탈락한 이들이었다.

실력이 엄청난 수준은 아니지만 민간인들한테는 충분히 위협적인 데다가 남궁혁의 경고가 있었던 탓에 각 대문파의 원로들이 전부 그곳으로 달려갔다는 얘기였다.

그러고 보니 그간 귀빈석을 지키던 각 문파의 고수들이 보이질 않았다.

"그런 거라면 크게 걱정하지 않아도 되겠네요."

"맞아요. 각 문파의 어른들께서 가셨으니 별일은 없을 거랍니다. 그래도 제일 먼저 소식을 전해 드리고 싶어서 달려왔어요."

제갈화영이 만개한 꽃처럼 활짝 웃었다. 남궁혁이 유독 마교에 신경 쓰는 걸 내내 마음에 담아 두었으니 가능한 행동이다.

"혁아, 큰일이 났단다!"

마침 저 멀리서 남궁옥도 신법을 발휘해 빠르게 날아왔다.

그 표정이며 상황을 보아하니 그녀도 마교에 대한 얘기를 듣고 남궁혁에게 달려온 모양이었다.

"마교에 대한 일이라면 들었어요. 어른들께서 나서셨다

면서요."

"그, 그래. 아버지를 비롯해 맹주님과 다른 어른들께
서…… 어떻게 그리 빨리 알게 된 거니? 극비 정보라 아는
이가 많지 않을 텐데."

"여기서 뵙네요, 남궁 소저. 소녀가 조금 빨랐답니다."

옆에 서 있던 제갈화영이 사르르 웃으며 말을 걸었다. 남
궁옥은 그제야 제갈화영의 존재를 알아차렸다.

"오랜만에 뵙네요, 제갈 소저. 몸도 안 좋으신 분이 사람
을 보내지 여기까지 뛰어오셨습니까?"

"어머나, 모르셨나 봐요. 남궁 공자께서 제게 돈 주고도
구할 수 없는 명약을 구해다 주셨답니다."

"혁이가 소저께 구음절맥을 치료하는 약을 구해 드렸다
고요?"

"네. 그것도 무료로요. 남궁세가의 정보망이 영 신통찮나
보네요. 신경 좀 쓰셔야겠어요."

남궁옥이 눈을 가늘게 떴다. 민도영, 모용청연에 이어서
이번에는 제갈화영인 건가?

두 여인의 가벼운 신경전 사이에 낀 남궁혁이 슬쩍 눈치
를 보고 있을 때, 비무대 위에서 그를 기다리던 팽천룡이
그를 불렀다.

"급한 일이 끝났다면 이만 시작하지."

"아아, 끝났어. 어쨌든 두 분 다 고마워요."

남궁혁이 두 사람의 손을 한쪽씩 잡고 감사를 전했다.

"별말을. 우리는 한 가족이 아니더냐."

"별말씀을요. 공자의 참모로서 이 정도는 아무것도 아니지요."

가족과 참모. 그녀들의 남다른 단어 선택에 이 차 신경전이 시작되려고 하자, 남궁혁은 후다닥 비무대 위로 올라갔다.

자고로 여인들 사이의 싸움 한가운데 서는 건 무서운 일이니까.

비무대 위에는 팽천룡이 팔짱을 낀 채 그를 기다려 주고 있었다.

"기다려·줘서 고마워. 시작할까?"

팽천룡이 고개를 끄덕이자 심판관이 붉은 깃발을 힘차게 휘둘렀다.

이번 비무대는 지난번들과 달리 평평했다.

아무래도 우승 후보로 손꼽히는 팽천룡의 실력을 제대로 구경하기 위한 무대인 모양이었다.

지난 시합에서 비무대가 기울어져 있는 탓에 안력이 뛰어나지 못한 일반 관객들이 구경하기 쉽지 않았다고 하니까.

남궁혁과 팽천룡은 서로 거리를 둔 채 여유롭게 각자의 무기를 뽑아 들었다.

이전의 비무들과는 다소 다른 양상이었다.

관객들은 의아해하며 가만히 대화를 나누는 두 사람을 지켜보았다.

바로 상대에게 뛰어들며 치고받기 시작하는 다른 비무들과 달라서도 그랬지만, 두 사람이 친해 보이는 것이 더욱 사람들의 관심을 끌었다.

"남궁혁이라는 자가 팽천룡하고 친분이 있나?"

"그러게 말이야. 팽 소협은 자기가 인정할 정도로 무공이 뛰어난 사람이 아니면 얘기도 안 한다고 그러던데."

"아니야. 성품만 바르다면 거지 꼬마 아이에게도 친절하다더군. 실력이 뛰어나도 말 한 마디 안 나누는 상대도 있지 않다던가. 신무회 회주인 당경민처럼 말이야."

"하긴. 당경민이 그렇게 속이 좁다면서?"

"떼끼. 이 사람아 말조심하게. 여기 어디에 당가의 사람이 있을 줄 알고? 한 번 원한을 맺으면 저승까지도 쫓아간다는 당가의 가훈을 모르는가?"

당경민의 흉을 보았던 사내는 흠칫하며 입을 막았다. 그러고 보니 저쪽에 갈색 무복을 입은 누군가가 이쪽을 본 것도 같았다.

"그러고 보니 저 남궁혁이라는 자도 당경민하고 척을 졌다던데. 이번 대회에서 화는 안 당하려나 몰라."

모두의 시선이 다시 비무대 위로 향했다. 다들 남궁혁과 팽천룡이 무슨 대화를 하고 있는지 궁금해하는 눈치였다.

먼저 입을 연 쪽은 남궁혁이었다.

"좋은 무기인걸."

그의 시선은 팽천룡이 들고 있는 도에 가 있었다. 달처럼 매끄러운 날과 흠잡을 데 없는 완벽한 균형의 유선형. 종잇장처럼 얇지만 단단함을 느낄 수 있는 유려한 도신.

대장장이인 남궁혁으로서는 관심을 가질 수밖에 없는 무기였다.

"조부께서 물려주신 것이다. 태룡도라고 하지."

과연. 전대 팽가주가 물려준 물건이라면 가보의 일종이리라. 동생인 팽천택이 들고 있던 도와는 질적으로 차원이 달랐다.

남궁혁이 들고 있는 검과 비교해도 결코 손색없는 도다.

이번에는 무기가 어쨌네 하는 소리는 안 들어도 될 것 같았다.

평범하게 대화를 나누고 있는 것 같았지만 남궁혁과 팽천룡은 서로의 숨, 작은 동작, 시선 하나까지 치열하게 좇고 있었다.

고수들의 대련이 될수록 단 한 번의 부딪침이 모든 걸 결정하니까.

일반 관중의 입장에서는 지루해 보이겠지만, 실력이 있는 사람들은 그들의 눈 깜빡임 하나에도 숨을 죽이고 긴장했다.

"제안할 게 하나 있다."

"뭔데?"

"나는 오십 초식 동안 오호단문도를 펼치지 않겠다."

이건 또 무슨 뜬금없는 소리야. 남궁혁이 검을 고쳐 잡으며 눈살을 찌푸렸다.

팽천룡이 제 제안에 대한 설명을 덧붙였다.

"남궁세가의 대연검법과 본가의 오호단문도는 그 성질상의 차이 때문에 우위가 갈리지. 나는 그런 것에 상관없이 너의 실력을 보고 싶다."

이전에 남궁혁은 오호단문도를 견식하기 위해 일부러 팽천택에게 싸움을 걸었다.

오호단문도는 진법의 성향을 띠고 있어 자연의 성질을 기반으로 하는 대연검법과는 상극인 도법이라, 오히려 그것을 깨고 싶었기 때문이다.

팽천룡이 이렇게 말하는 걸 보면 아무래도 팽천택이 대연검법에 깨졌다는 말을 안 한 모양이다.

"그런 거라면 반대로 오호단문도를 꼭 써 줬으면 하는데. 고작 초식상의 궁합 정도로 밀리지는 않을 거라서."

순간 팽천룡이 미소 지었다.

아주 흐릿하긴 하지만 그건 분명 흐뭇함이었다.

그는 잠시 그리 길지는 않았으나 마냥 짧지만도 않았던 자신의 생애를 돌아보았다.

지금껏 자신의 앞에서 이처럼 당당하게 나섰던 상대가 있었던가?

아주 없지는 않았다. 그러나 자신의 당당함을 무공으로 설득하지 못하는 오만한 이들이 대부분이었다.

심지어 십 년 넘게 맞수였던 당경민조차 그의 앞에서 이처럼 나서진 못했다.

어찌 생각하면 지루하게까지 느껴졌던 세월. 단 한 번도 제대로 싸워 볼 만한 또래의 호적수를 만나지 못했던 팽천룡은 지금 진심으로 기뻐하고 있었다.

남궁혁. 남궁세가의 직계도 아닌 방계, 그것도 본업이 대장장이인 이 남자가 그동안 팽천룡이 갈망해 왔던 진정한 맞수가 될 것인가.

"좋다. 와라, 남궁혁. 최선을 다해 너를 상대하겠다."

팽천룡이 양손으로 손잡이를 움켜잡았다. 순식간에 섬뜩하게 돌변한 공기에 남궁혁도 긴장하며 발을 옮겼다.

남궁혁의 발이 떨어지는 순간, 팽천룡의 도에 짙푸른 검기가 솟구쳤다.

검기를 잔뜩 뽑아 올린 상태로 펼치는 오호단문도!

팽천택이 펼쳐 보였던 것과는 차원이 달랐다.

다섯 개의 문은 마치 저승의 아가리처럼 그 거친 이빨을 드러냈고, 남궁혁의 대연검법은 반격은커녕 오방에서 쏟아지는 검기를 막아 내느라 여념이 없었다.

"실력을 보여라! 설마 이 정도로 내게 큰 소리를 친 건 아니겠지!"

팽천룡이 크게 외쳐 댔다. 그는 믿고 있었다. 남궁혁이 고작 이 정도로 절절맬 사람이 아니라는 걸.

단 한 번의 부딪침과 하룻밤의 대화였지만 알 수 있었다.

녀석은 진짜다.

콰과과광!

눈이 시릴 정도로 새하얀 기가 남궁혁의 검에서 뿜어져 나왔다.

오호단문도의 초식에 갇혀 기를 쓰지 못하던 대연검이 흉포한 지배자로서 머리를 든다.

"검강!"

"검강이다!"

관객석에서는 비명에 가까운 놀라움이 터져 나왔다.

스물 안팎의 청년이 검강이라니!

"그렇다면 남궁혁이 화경의 경지에 들었단 말이야?"

"말도 안 돼. 저 나이에 화경에 든 사람은 손에 꼽는다고!"

관중석에서는 눈에 보이는 저 새하얗고 무시무시한 기를 보며 갑론을박하고 있었다.

하지만 바로 눈앞에서 그걸 상대하는 팽천룡은 알 수 있었다. 역시 자신의 감은 틀린 게 아니었다. 오히려 예상을 상회했다.

기쁨의 미소를 차마 감추지 못하고 있을 때, 검강을 두른 남궁혁의 검이 빠르게 쇄도해 왔다.

팽천룡은 급히 숨을 삼키며 방어 초식을 펼쳤다.

그의 초식 하나하나가 산산이 파훼되자 침음이 흘러나왔다.

"크윽…… 대연군림검인가!"

남궁혁은 마치 대답하듯이 한 번 더 검을 세차게 휘둘렀다.

팽천룡이 급히 도를 들어 막아 냈지만 비무대 위에 흉한 발자국을 내며 삼 장이나 밀려나야 했다.

다섯 개의 문(門)을 만들고 마치 진법처럼 상대의 검을 옴 짝달싹 하지 못하게 만드는 오호단문도.

한 번 들어가면 빠져나가지 못하는 구궁팔괘진처럼, 오호단문도는 오방진에 의해 구성되어 있다.

그러나 진법도 어차피 자연의 기를 이용하는 것. 진법이 휘두를 수 있는 수준 그 이상의 압도적인 기라면 오히려 초식이 파훼된다.

일반적으로 대연검은 오호단문도에 밀릴 수밖에 없다는 사실을 완전히 뒤집어 버리는 남궁혁이었다.

하지만 팽천룡은 겁을 먹거나 전의가 꺾인 기색이 없었다.

"아직 완성되지 않아서 숨겨 두려고 했는데. 어쩔 수 없군."

팽천룡마저 희뿌연 도강을 뽑아내자 좌중은 경악했다.

저 두 청년이 무림의 백대 고수와 필적한다는 뜻이 아닌가!

하지만 팽천룡의 그것은 남궁혁의 것처럼 단단하고 뚜렷하지는 못했다. 화경의 입구에서 겨우 문고리를 붙잡은 정도의 수준이랄까.

그래도 남궁혁은 정말 감탄했다.

자신의 화경이 환귀곡의 기연을 통해 얻은 거라면, 눈앞의 녀석은 정말 다분한 노력으로 저 자리까지 오른 게 아닌가.

'존경스럽네. 하여튼 볼수록 마음에 드는 녀석이라니까.'

남궁혁이 검을 고쳐 잡았다. 벌써 땀을 주륵주륵 흘리는 팽천룡에 비해 여유가 넘치는 동작이었지만, 그도 분명 긴장하고 있었다.

두 사람이 다시 격돌하려는 순간.

관중석의 누군가가 중얼거렸다.

"그런데 이상하네. 이번 비무는 진법 발동이 안 되나 봐?"

"그러게. 비무에 정신이 팔려서 몰랐는걸?"

콰과과과광—!

검격이라고 하기엔 이상한 폭발음이 비무대와 관중석 사방에서 터져 나왔다.

그리고 순식간에 녹색의 뿌연 안개가 주변을 자욱하게 감쌌다.

"도, 독이다!"

"독액진이 역발진했어!"

당가와 제갈가의 사람들이 당황하며 외친 소리에 관중석은 순식간에 아수라장이 되었다.

사람들을 지켜야 할 무림맹의 무사들도 독이라는 소리에 아연실색해 자리를 이탈하기 시작했다.

무공이 뛰어나도 잘못 중독되면 목숨을 잃을 수 있으니까.

당황한 건 관객들뿐이 아니었다.

독연의 가장 중심에 서 있는 남궁혁도 주변을 돌아보며 이 상황을 이해하려 애썼다.

혀가 아릿한 것을 보니 수면제나 마취제가 들어간 독인 것 같았다.

제갈민이 심혈을 기울여 만든 진법이 역발진이라니. 그것도 하필 독액진이? 당경민의 소행인가?

남궁혁은 기가 찼다. 아무리 자신이 싫어도 그렇지, 이건 무림맹 자체를 욕보이는 행사가 아닌가. 경우가 없어도 이렇게까지 없을 줄이야.

그때였다.

'어?'

남궁혁의 검이 빠르게 날아오는 비도를 쳐 냈다. 어디서 날아오는 것인지 모를 암기들이 우수수 쏟아졌다.

독 안개를 빌미로 아예 날 처리해 버리겠다는 심산인가?

"당경민! 내가 눈꼴시면 당당하게 붙자!"

남궁혁은 인기척이 느껴지는 쪽으로 신형을 날리며 외쳤다. 당가가 가만히 있지 않을 거라고 생각하긴 했지만 이런 방식이라니.

치사함을 넘어서 너무하잖아! 남궁혁만 노리는 게 아니라 무림맹의 권위와 명성에 욕을 보이고, 비무를 관전하러 온 일반인들을 위험하게 하다니!

남궁혁의 검이 흐린 안개 사이를 세차게 갈랐다. 독무 속에서 챙—! 검과 검이 맞부딪치는 소리가 났다.

"당경민 네 녀석이 그러고도 정파 최고의 후기지수냐!"

그렇게 외치며 다시 검을 휘둘렀을 때, 근거리에서 또다시 비도 수 개가 빠르게 날아들었다.

상대가 한 명이 아닌가?

과연 흑의인 세 명이 모습을 드러냈다. 남궁혁은 긴장하며 녀석들을 둘러보았다.

신무회 회합 때 자신의 실력을 약간이나마 보여 줬으니 분명 만만치 않은 놈들을 보냈으리라.

한 놈도 아니고 세 놈. 만약 녀석들 중 당가 비전의 독을 갖고 있는 자가 있다면 상대하기 까다로울 터였다.

'하는 수 없지. 한 번에 제압한다.'

아까 팽천룡을 상대할 때는 전력을 다하지 않았다는 듯 오 장에 가까운 검강이 하늘을 가를 듯 줄기줄기 뽑혀 나왔다.

이에 대항하듯 놈들의 검도 검기를 뽑아냈다. 그런데 그 색이 이상했다. 보기만 해도 속이 불편해지는 검붉은 색의 검기.

'마교?!'

당가의 소행이라고만 생각했는데 마교라니? 남궁혁은 놀라 당황한 상태로 검을 휘둘렀다.

분명 마교의 일당들이 저 멀리 대파산 자락에서 발견됐다고 했다.

때문에 맹에 모인 고수들이 전부 그쪽으로 달려가지 않았던가.

'설마 성동격서(聲東擊西)인가?'

깊이 생각할 여유는 없었다. 놈들의 실력은 보통이 아니었다.

남궁혁이 검강을 뽑아내고 대연군림검을 펼치고 있는데

도 마교의 무인들은 영리한 합동 공격으로 이를 막아 냈다.

놈들의 눈이 희번덕하면서 마기가 엿보이는 걸 봐선, 예선에서 만났던 그들처럼 뭔가 사특한 수단으로 실력을 끌어올린 것 같았다.

남궁혁의 표정에 긴장이 어렸다. 아무리 그렇다 한들 화경인 자신의 검을 이렇게까지 막아 내다니?!

게다가 검을 한 번 부딪칠 때마다 남궁혁의 검강이 눈에 띄게 흐려졌다.

마치 상대의 검에 내기가 흡수당하는 것 같았다.

이대로 가다간 단전 안에 축적한 내공이 전부 닳아 버릴지도 몰랐다.

걱정되는 건 이들이 전부가 아닐 거라는 사실이었다.

무림맹을 발칵 뒤집는 데 마교가 고작 이 정도 인원만 보냈을 리 없으니까.

주변 여기저기에서 들려오는 비명 소리와 무기 부딪치는 소리가 그것을 증명했다.

놈들을 서둘러 처리하고 달려가고 싶었지만 눈앞의 마교인들은 남궁혁을 순순히 보내 줄 마음이 없어 보였다.

'보내 줄 마음이 없어?'

이상했다. 놈들의 공격은 분명 위력적이었지만 위협적이지는 않았다.

남궁혁의 공격은 전부 막아 내면서 동시에 그가 어디로 가지 못하게 철저하게 방해했다.

살기도 느껴지지 않았다.

오히려 조심스러운 느낌에 가까웠다.

마치 터럭 하나라도 다치면 안 된다는 듯이.

오히려 그것이 남궁혁을 당황케 했다.

아예 죽이겠다 덤벼들면 모르겠는데, 힘을 빼는 것이 목적인마냥 계속 무력화시키기만 하니까 빠져나가기가 곤란했다.

세 명이 펼치는 합격진에 그런 효과라도 있는 것인지.

전력을 다 뽑아내 상대해야 할까. 남궁혁이 검을 고쳐잡았을 때, 누군가가 마인들의 합격진을 가르고 그 안으로 뛰어들어 왔다.

"천룡?"

"괜찮나."

"그럭저럭"

남궁혁과는 달리 팽천룡의 도에는 피가 잔뜩 묻어 있었다. 이미 마인 몇 명을 해치우고 온 모양이었다.

팽천룡이 가세하자 마인들이 당황하는 것이 느껴졌다. 녀석들이 갈팡질팡하는 사이 팽천룡이 자세를 잡으며 물었다.

"녀석들의 정체가 뭐지. 평범한 자들이 아니다."

"마교야, 아마도."

"마교?"

남궁혁이 고개를 끄덕였다. 그리고 이어서 전음을 날렸다.

『근데 놈들의 목적을 모르겠어. 날 죽이려는 거 같진 않은데.』

『밖에서 느끼기에도 그렇더군. 상대가 그렇게 센 것 같지 않은데 고전하는 거 같기에 와 봤다.』

『걱정해 준 거야?』

『우리의 비무가 방해받았으니까.』

퉁명스럽게 전음을 보내면서도 팽천룡의 도가 무시무시한 도강을 뿜어내기 시작했다.

아무래도 아까 전력을 다 내보이지 않았던 건 남궁혁뿐이 아니었던 모양이다.

상대하는 사람이 두 명이 되자 합격진은 힘에 부친 듯 조금씩 부서져 가기 시작했다.

남궁혁이 그 틈새로 검강을 뿌리자 활로가 보였다.

마인들은 난감한 듯 눈짓을 주고받았다. 대체 녀석들이 무슨 생각인지 알 수가 없었다.

하는 짓만 보면 마치 자신을 납치해 가려는 것처럼 보이는데, 고작 일개 대장장이인 자신을 잡아가서 뭐에 쓴단 말인가?

남궁혁이 의아해하며 검강을 뿌리는 동안, 더 멀리 협곡의 위에서 이 상황을 지켜보던 당경천은 입가를 일그러트리고 있었다.

"천룡도가 가세했군."

마인들이 펼친 합격진은 안에 갇힌 이를 절대 내보내지 않는다는 마의지옥진(魔蟻地獄鎭).

상대의 공격을 계속 무력화하여 상대가 가진 내공을 다 소모하게 만드는 합격진으로, 상대가 정파의 무공을 익힌 이라면 그 효과가 더했다.

상대를 무력화시키는 데 주안점이 있는 데다가 시간이 꽤 오래 걸려서 잘 활용되는 진은 아니었지만 지금처럼 상대를 온전히 납치하는 게 목적일 때는 유용했다.

허나 이 마의지옥진에도 단점이 있었다. 바로 외부의 공격에 취약하다는 점.

이를 위해서 활마혈단을 복용한 정파의 무인들을 이용해 맹의 고수들을 멀리 떼어 놓고 독액진을 폭발시키는 등 난잡한 짓을 더했지만 남궁혁은 그의 손에 들어오지 않았다.

팽천룡과의 비무에서 검강을 뽑아냈을 때까지도 그는 별로 불안해하지 않았다.

마기를 폭발시킨 마인들의 무력은 갓 화경에 들었을 게

빤한 애송이 정도는 능히 상대할 수 있으니까.

그런 녀석이 일각 넘게 버틸 줄은 몰랐다. 그 때문에 팽천룡이 그를 도우러 와 버리다니,

마의지옥진은 한 명을 상대하는 데 특화된 합격진이다. 그 안에 팽천룡이 들어갔으니 그 균형은 곧 깨질 게 분명했다.

"삼 공자. 이쯤에서 포기하는 것이 어떻겠습니까? 녀석의 실력이 생각 이상입니다."

중년인이 참담한 얼굴로 입을 열었다. 그는 지금 비무대 안을 휘젓고 있는 마교 삼 공자 휘하의 무력부대 혼세대의 대주였다.

그는 제 부하들의 실력을 잘 알고 있었다.

지금 남궁혁을 상대하는 마인들의 마의지옥진은 자신도 빠져나가지 못하는 절진이었다.

결과는 불 보듯 빤했다.

정파의 원로들이 상황을 눈치채고 돌아올 때가 됐다.

지금 철수하지 않으면 그가 손수 키운 혼세대 전원이 전멸할지도 모른다.

"포기하라고? 정말 아무것도 없이 빈손으로 돌아가자는 건가?"

그가 눈살을 찌푸렸다. 이번 계획에서 그는 얻은 것이 하

나도 없었다.

원래 활마혈단의 실험을 주관하는 것도 그의 일이 아니었다. 그의 일은 사천 당가의 이 공자인 당경천을 연기하는 것.

이런 일은 주로 싸돌아다니길 좋아하는 사형 백혈성의 일이었다.

물론 중소문파 하나 어쩌지 못한 그 멍청이가 이 일이라고 제대로 했을지는 의문이지만.

소교주라는 건 마신녀의 도주에 상처를 입고 폐관을 했으니, 움직일 수 있는 사람은 삼 공자인 벽태진 그 하나뿐이었다.

당가에 녹아드는 오랜 노력이 자칫하면 수포로 돌아갈 수도 있는 작전이었다. 마교와의 연관성을 들킬 수도 있으니까.

그런데 계획 자체가 망했다.

그나마 쓸 만한 대장장이라도 하나 건져 가고자 대대적으로 일을 터트렸는데 남궁혁조차 잡지 못했다.

본교의 정체는 있는 대로 다 드러내 놓고.

그냥 돌아갔다면 모든 책임이 마뇌에게 돌아갔을 것이다.

하다못해 남궁혁이라도 잡아간다면 성급하게 교의 정체를 드러낸 죄쯤은 책임지지 않아도 될 것이다.

마신검을 만들 장인을 붙잡아 가는 거니까.

그렇지만 이제 모두 수포로 돌아갔다. 벽태진이 이를 빠득 갈았다.

더 있다간 자신의 신분마저 탄로날 위험성이 있었다.

"하는 수 없지. 납치가 어렵다면 제거하도록 한다. 정파 놈들이 신검을 손에 넣지 못하게."

"하지만 삼 공자. 면구하오나 혼세대의 실력으로 화경의 상대를 제거하기는 어렵습니다."

벽태진의 눈이 찌푸려졌다. 대체 뭘 했기에 그간 부하들 실력 하나 끌어올리지 못했단 말인가.

그가 당가에 침투하는 데 신경을 쓰는 동안 자신의 휘하 부대는 엉망이 된 모양이었다.

그는 화를 참으며 조곤조곤 일렀다. 혼세대주를 갈아치우는 일이야 일단 돌아간 이후에 처리할 일이었다.

"자네도 참 멍청하군. 우리에게 중요한 건 장인으로서의 남궁혁일 뿐. 팔 하나, 손가락 하나만 날려 버려도 녀석은 장인으로서 생명을 잃겠지."

"그, 그렇군요!"

"그 일은 혼세대에게 맡겨 두고 우리는 자리를 뜬다. 정파의 영감탱이들을 유인하러 간 놈들이 전멸할 때가 됐다."

당경혁의 말에 혼세대주가 서둘러 전음을 날렸다. 뿌연

독 안개 사이에서 흩어져 있던 모든 대원이 남궁혁과 팽천룡을 향해 달려가고, 두 사람은 대피하는 사람들 사이로 몸을 숨겼다.

남궁혁과 팽천룡은 등을 맞대고 마인들을 상대하고 있었다.

갑자기 녀석들의 숫자가 배로 늘어나더니, 검에 살기가 어리기 시작했다.

아무래도 녀석들이 목적을 바꾼 모양이었다.

오히려 이쪽이 남궁혁에게는 편했다. 검강이 흔들리는 현상도 사라졌다.

마인들의 숫자가 늘어났지만 이쪽도 혼자가 아니었다.

등 뒤를 정파 최고의 후기지수가 지켜 주고 있었으니까.

"소가주! 여기 계십니까!"

우렁찬 목소리와 함께 기린대원들도 독무를 가르고 달려왔다.

수적으로도, 실력으로도 밀리지 않을 형세가 되었다.

하지만 마인들은 만만치 않았다.

그들의 눈이 시뻘겋게 물들더니, 이윽고 검에서 뽑아 올리는 검기가 더욱 시뻘겋게 달아오르기 시작했다.

그 힘은 검강에 못지않을 정도였다.

잠력을 폭발시켜 화경의 경지를 흉내 내고 있는 것이다.

"양 대주!"

"크윽!"

눈을 붉게 까뒤집은 마인의 공격에 기린대주 양명이 피를 뿜으며 쓰러졌다.

남궁혁은 서둘러 상대를 밀어내고 양명에게로 신형을 날렸다.

"저, 전 괜찮습니다!"

"말하지 말고 지혈부터 해요!"

남궁혁은 이를 악물고 날아오는 검과 비도를 쳐 냈다. 마인들의 공격은 더욱 거세어졌다.

팽천룡은 묵묵히 놈들의 검을 쳐 내고 있었지만 계속 불어나는 마인들의 숫자에 버거워하는 기색이 역력했고 기린대는 하나둘 작은 상처를 입기 시작했다.

이대로 가다가는 누구 하나는 쓰러질 것 같았다. 무슨 수라도 써야 했다.

남궁혁의 검에서 오색의 신비한 기운이 솟아오르기 시작했다. 오행신공의 진기였다.

'먹힐지 안 먹힐지 모르겠지만, 시도해 보는 수밖에 없지!'

그의 눈이 빠르게 상대의 검을 훑었다.

아무리 좋은 검도 검기를 전부 고르게 뿜어낼 수는 없다.

어딘가 균형이 조금이라도 무너져 있기 마련.

그런 부분에서 뿜어져 나오는 기는 상대적으로 약하다.

"흐럇—!"

남궁혁의 검이 그 지점을 정확하게 찔렀다.

그를 상대하던 마인은 검면을 찌르는 남궁혁의 행동에 당황하지 않고 공격을 이어 나가려고 했다.

마인이 보기엔 상대가 활로를 뚫기 위해 되도 않는 수작을 부리는 것처럼 보였다.

순간 마인의 검에 쫘악 금이 갔다.

와장창!

마치 유리가 깨지듯이 검은 산산조각 부서져 허공으로 분산했다.

그뿐이 아니었다. 마인은 검을 쥐고 있던 팔을 붙잡으며 비명을 질러 댔다.

"끄아아아악!"

먹혔다!

남궁혁의 검에 확신이 어렸다.

그는 쓰러진 마인의 목에 검을 푹 찔러 넣어 목숨을 끊은 후 곧바로 다른 놈들을 상대했다.

무기 파괴. 언젠가 써먹을 수 있을지 않을까 이론상으로만 고민해 본 기술이었다.

남궁혁이 익히고 있는 오행신공은 양의 오행을 기반으로

하고, 마인들의 내공은 음의 오행을 기반으로 한다.

말하자면 극과 극이라 할 수 있다.

양의 오행이 선순환을 통해 힘을 만들어 낸다면, 음의 오행은 역순환을 통해 파괴적인 기를 만들어 내는 방식.

남궁혁은 오행신공의 진기를 집중시켜 마기를 파훼하는 동시에, 그 진기를 상대의 몸속까지 파고들게 해 혈을 잠시 꼬이게 한 것이다.

오래 갈 정도는 아니지만 지금처럼 격렬한 싸움 중에는 생사를 가를 정도의 큰 차이였다.

물론 후자의 효과까지 계산한 건 아니었지만.

마인들의 무기가 하나하나 파괴되어 갔다.

상황을 눈치챈 녀석들이 남궁혁과 무기를 맞부딪치지 않기 위해 애를 썼지만 한 번 균형이 기울어진 상황에서는 그러기도 쉽지 않았다.

"또 한 놈!"

또 하나의 검이 와장창 부서졌다.

검을 잃은 녀석은 팔을 붙잡고 비명을 지르면서도 이를 악물고 신형을 물렸다.

그러나 남궁혁은 끝까지 쫓아가 그의 손목을 잘라 버렸다.

『혼세대! 전원 퇴각한다!』

대주 대신 혼세대를 이끌고 있던 부대주가 결단을 내렸다.

목표물을 다치게 하는 것에 실패했으니 삼 공자에게 크게 혼이 나겠지만 대원들을 전부 잃는 것보다는 나을 테니까.

부대주가 품에서 여러 개의 독연탄을 꺼내 줄을 당겼다. 그리고 그것들을 남궁혁들의 앞에 던졌다.

콰과광!

순식간에 눈을 감을 수밖에 없는 매캐한 연기가 주변을 자욱이 메웠다.

남궁혁은 눈물이 줄줄 흐르는 채로 놈들을 쫓아가려고 했지만 양명과 다른 대원들을 챙기는 것이 우선이었다.

"혁아! 괜찮으냐!"

"숙부님!"

뒤늦게 남궁현열을 비롯한 정파의 고수들이 비무장으로 날듯이 달려왔다. 그러나 이미 상황은 끝나 있었다.

당가의 사람들이 뒤늦게 독무를 제거한 후, 비무장에는 수많은 사람들의 시신이 드러났다. 대부분은 무공을 익히지 않은, 비무 대회를 구경하러 온 평범한 사람들이었다.

화려하게 시작했던 비무 대회의 참혹한 모습에 모두들 치를 떨며 이를 갈았다.

마교가 백여 년 만에 피비린내를 풍기며 무림에 등장한 것이다.

　　　　　　　*　　　*　　　*

　무림맹 비무 대회가 수많은 피를 흘리고 일시 중단된 이
튿날.

　무림맹주 도맹건은 다급한 발걸음으로 회의실에 들어섰다.

　그의 얼굴에는 피곤한 기색이 역력했다.

　도맹건 정도의 고수가 고작 하룻밤 잠 안 잤다고 피곤할
리는 없다. 그만큼 어제 있었던 사안에 대해 그가 심적으로
부담을 갖고 있다는 증거였다.

　회의장 내부에는 이미 무림맹 소속의 원로들이 도착해
있었다.

　분위기는 무거웠다.

　도맹건은 회의실에 들어서자마자 포권을 취하며 고개를
숙였다.

　"도 모가 여러분을 기다리시게 했군요."

　"아닙니다. 어제 일로 가장 바쁘셨을 테니 어쩔 수 없지요."

　남궁현열만이 부드럽게 그의 인사를 받았다.

　도맹건은 자리에 앉으며 주변을 돌아보았다.

　다들 도맹건과 비슷한 밤을 보낸 듯 좋지 않은 낯빛을 한
채였다.

　대체 이 상황을 어찌 수습해야 할지.

어제 그 사건으로 삼백여 명이 넘는 숫자가 목숨을 잃었다.

그중에는 비무 대회에 참가했던 대문파의 제자들도 많았다.

비무 대회를 견학하러 온 제자들이 대부분이었고 몇몇 문파는 촉망받던 후기지수를 잃기도 했다.

화산은 장문인의 제자가 죽었고 해남검문은 남궁혁과 육십사 강에서 겨뤘던 허설아가 목숨을 잃었다.

자파의 기둥이 될 거라 애지중지해 왔던 제자들을 잃은 이들의 상심은 이루 말로 다할 수 없으리라.

그리고 이 모든 것에 대한 책임은 맹주인 도맹건에게 있었다.

"대체 어떻게 책임을 질 생각입니까."

화산의 자하진인이 침중한 목소리로 입을 열었다.

죽은 제자는 자하진인에게 사질이 되는 아이였다.

팽천룡과 당경민에게도 부족하지 않을 무인으로 자랄 거라 믿어 의심치 않았던 화산의 제자였는데, 이런 식으로 죽어 버리다니!

그 심경을 이해한다는 듯 도맹건이 착잡하게 답했다.

지금 도맹건이 무슨 말을 해도 그들의 귀에 들리지 않을 테지만.

"맹 차원에서 죽은 이들을 위해 위령제를 지낼 생각입니다. 또한 희생자의 각 문파와 가족들에게 위로금을 지급하겠습니다."

"그런 걸 묻는 게 아니잖습니까!"

"맞습니다. 우리가 고작 돈 몇 푼에 이러는 것 같습니까? 해남검문을 우습게보지 마십시오. 우리가 궁금한 건 맹이 앞으로 마교에 대해서 어떻게 대응할지, 또한 마교가 이처럼 무림맹의 중추에 잠입해 난동을 부릴 때까지 아무것도 몰랐던 맹의 비응각은 어찌 처리할지를 묻는 겁니다!"

검후의 사제요 지난 세대의 검화로서 명성을 날렸던 모예령이 날카로운 일침을 날렸다.

그녀 또한 허설아를 잃은 일로 무척이나 예민해져 있었다.

"비응각은 분명 제갈 군사의 소관에 있었지요? 일이 이렇게 될 때까지 전혀 눈치 채지 못했다니, 그 책임을 지셔야 하는 거 아닙니까?"

모예령의 화살이 조용히 앉아 있던 제갈민에게 돌아갔다.

제갈민은 묵묵히 그녀를 돌아보며 입을 열었다.

"우리는 이미 마교에 대한 정보를 받은 적이 있습니다. 그것도 이레 전예요. 남궁가주께서 직접 회의를 소집하여 비무 대회 참가자 중 마인들이 있을지도 모른다는 정보를 주셨지요."

"그게 뭐 어쨌다는 겁니까?"

"본가와 남궁세가는 세가원들에게 주의를 주었기에 거의 피해를 입지 않았습니다. 다른 문파들께서는 남궁 가주께서 전한 정보를 전혀 신경 쓰지 않으셨나 봅니다."

제갈민의 말에 남궁현열을 제외한 모두의 얼굴이 거무죽죽하게 물들었다.

그 말이 사실이었다.

마교라니, 너무나 오래된 얘기가 아닌가.

남궁가주가 하는 말이니까 듣는 척이나 한 거지 실제로 그 말을 주의 깊게 들은 건 무림맹주 도맹건 정도가 전부였다.

팔마흔에 대해 알고 있는 이들 또한 그랬다.

마교 따위가 이제 와 얼마나 정도 무림을 흔들어 놓겠는가.

백 년간의 평화가 만든 안이함이 제자들의 죽음을 불렀다.

제갈민의 말에 모예령마저 스스로에 대한 자책으로 고개를 숙였지만 자하진인은 이대로 넘어갈 생각이 없어 보였다.

"이참에 남궁세가와 제갈세가가 얻은 정보의 출처를 밝혀 주시지요. 대체 마교의 준동을 어찌 눈치 챘단 말입니까?"

"진인께서 지금 본가가 마교와 결탁했다고 생각하시는 게요?"

남궁현열이 발끈하고 나섰다.

남궁혁의 부탁 때문에 이 사안은 남궁세가와 제갈세가가

자체적인 정보망을 통해 입수한 걸로 얘기가 오고 간 상태였다.

"남궁 가주, 너무 열 올리지 마시우. 우리 개방도 그게 궁금하긴 마찬가지니까."

개방의 노걸대가 나섰다.

정도 무림에서 정보하면 개방이다.

그런 개방도 놓친 정보를 남궁세가와 제갈세가는 어떻게 얻은 걸까.

만약 여기에 구걸이 와 있었다면 개방도 남궁혁을 통해 정보를 얻을 수 있었으리라는 것을 노걸대는 몰랐다.

"두 세가가 언제나 마교의 움직임에 촉각을 곤두세우고 있었다고밖에 답할 수가 없군요. 우리에게는 정도 무림을 지켜야 할 사명이 있지 않습니까."

나머지 문파와 세가들이 사명을 저버리고 자기들끼리의 이권 다툼에 빠져 있었다는 걸 암시하는 남궁현열의 비판 어린 어조에 결국 모두들 꿀 먹은 벙어리가 되었다.

도맹건이 분위기를 환기하며 입을 열었다.

"맹 차원에서 대응이 부족했다는 건 인정합니다. 비무장이 본 목적이었다는 걸 눈치 채지 못하고 대파산 인근의 마인들에게 달려간 것도 마교에 대한 생각이 짧았던 탓이지요. 앞으로는 이런 일이 없을 겁니다."

"무슨 대책이라도 있습니까? 결국 마인들은 하나도 남김없이 도주했고, 시신들에서는 아무 정보도 찾을 수 없었다면서요."

"제갈 군사."

도맹건이 제갈민을 불렀다. 어제 그들은 이 일을 해결하기 위한 여러 대책을 세우기 위해 머리를 맞대고 밤새 논의했다.

뭔가 효과적인 계획이라도 있는 것일까. 모두가 제갈민의 입에 시선을 모았다.

"어제 사성단에서 이것을 꺼냈습니다."

제갈민은 품에서 하나의 작은 옥판을 꺼냈다.

짙푸른 옥에는 구파일방과 오대세가의 문파 명, 그리고 옛 장문인과 가주들의 이름이 새겨져 있었다.

그것을 알아본 몇몇이 헛바람을 집어삼켰다.

"사성혈판……!"

그러나 이를 알아보지 못하는 이들도 있었다. 사성혈판이 사성단 밖을 나온 것은 참으로 오랜만의 일이었으니까.

그들을 위해 제갈민이 설명을 덧붙였다.

"무림맹이 처음 만들어졌을 때 사성이 각 문파의 장들에게 받은 서약서입니다. 무림맹주는 정도 무림이 중차대한 위기에 처했다고 느낄 경우, 무림맹을 비상시 체제로 전환

하고 각 문파에 도움을 요청할 수 있지요."

말이 도움이지, 이 사성혈판이 요구하는 것은 거절하기 어려웠다. 거의 명령이라고 봐도 좋을 정도였다.

실질적인 힘이 없는 무림맹주의 요청쯤이야 거절해도 별문제가 되지 않지만, 사성혈판의 요청을 거부한다는 건 문파의 명예를 더럽히는 일이나 마찬가지니까.

제갈민은 도맹건에게 사성혈판을 건넸다.

도맹건은 이를 받아 들고 일어서 사람들을 돌아보았다.

"이 도 모가 감히 사성혈판을 꺼내 여러분께 부탁드립니다. 마교에 대항하기 위한 힘을 빌려주십시오."

어차피 거절할 명분 따위는 없었지만 도맹건은 허리까지 숙이며 공손하게 부탁했다.

참담한 사건이 벌어지긴 했지만 무림맹의 권위를 세우고자 불철주야 노력했던 그에게는 그야말로 절호의 기회였다.

비상 체제에 돌입하면 그의 권한은 그 누구보다 커진다.

그것을 위해서 허리를 숙이는 것쯤은 아무것도 아니었다.

"크흠. 마교의 준동을 막기 위해서라면야……."

"죽어 나간 해남검문의 제자들의 혼을 달래 주신다면 얼마든지 협조하겠습니다."

"소림도 가세하지요."

형식에 가까운 허락이었지만 모두들 고개를 끄덕였다.

마지막으로 무당의 태령진인이 입을 열었다.

"사성혈판까지 꺼내온 걸 보면 구체적인 방략은 세워 둔 것이겠지요."

"이 제갈 모가 지금부터 설명하도록 하겠습니다."

모두의 고개가 끄덕여지자 제갈민이 자리에서 일어나 미리 준비한 비상 체제에 대한 설명을 시작했다.

난세는 곧 기회의 시기라고 했던가.

제자를 잃은 문파들부터 큰 피해를 입지 않은 이들까지 모두들 제갈민의 말에 귀를 기울였다.

지금 비상 체제에서 어떤 역할을 맡느냐에 따라 향후 무림 내에서의 위치가 달라질 수도 있는 일이니까.

* * *

의원은 조심스러운 얼굴로 양명의 맥을 짚은 손을 떼었다. 옆에 앉아 있던 남궁혁이 의원의 말을 기다리지 못하고 입을 떼었다.

"어떻습니까?"

"상처는 좀 깊지만 다행히 혈이 상하지는 않았습니다. 완치하는 데 오래 걸리지 않을 겁니다."

의원이 말을 마치자 반대편에 앉아 있던 기린대원들이

가슴을 쓸어내렸다.

무림맹 내에서 가장 실력 있는 의원의 말이니 믿어도 될 것이다.

남궁혁도 안심했다. 그의 상태에 대해서는 이미 파악하고 있었지만 그래도 안심이 되지 않던 터, 의원의 확인에 안도가 찾아왔다.

의원은 내일 약을 달여 오겠다며 방을 나섰다. 남궁혁이 직접 의원을 의각까지 배웅했다. 마교가 벌인 비사 때문에 맹이 여러모로 소란스러웠기 때문이다.

그를 배웅하러 나온 김에 남궁혁은 천천히 거닐며 이번 사태에 대한 생각을 정리했다.

다행히 남궁장인가에는 큰 피해가 없었다.

양명을 비롯한 기린대원들은 좀 다쳤지만 남궁혁도 멀쩡하고, 진우와 진하는 제갈화천과 함께 청운당에 있었기에 다치지 않았다.

마인들의 무기를 파괴할 때 진기의 소모가 상당하긴 했지만 그 정도야 며칠 신경 써서 운기 조식을 하면 될 터였다.

그보다 신경 쓰이는 것은 마교의 움직임이었다.

이미 전생과 다른 일이 너무 많이 일어났다.

마교가 벌써 정도 무림을 상대할 정도로 전력을 쌓은 걸까?

어차피 고민한다고 알 수 있는 일도 아니었으니 생각해 봤자 쓸모없는 일이다.

고민해야 할 건 남궁혁이 알고 있는 사실들 중, 지금 쓸모 있는 것이 얼마나 남았냐는 사실이다.

그중에서도 마교에 관한 것만.

남궁혁은 자신이 알고 있는 것들을 하나씩 떠올려 보았다.

사실이 모두 정보가 되지는 않는다. 정보란 목적성을 가졌을 때, 진정한 의미를 가지니까.

그렇다면 지금 남궁혁의 목표는 무엇인가.

바로 마교의 준동을 막는 것, 마교가 무림에 발을 들일 여건이 안 되게 방해하는 것이다.

순간 남궁혁의 머릿속에 대력문의 일이 스치고 지나갔다.

백혈성이 거기서 뭘 했던가. 바로 대력문을 마교의 비밀 지부로 만들려고 하지 않았던가.

이전 생에서 몇 개의 비밀 분타를 발견해 습격했다는 내용은 남궁혁도 기억하고 있었다.

그때마다 맹에서 정도 무림의 사기를 고취시키기 위해 널리널리 알리곤 했으니까.

대략 네다섯 개 정도 될까.

제법 규모가 있는 문파들이라 이들을 제거한다면 당장 마교의 마수를 막을 수 있을 터였다.

문제는 이들이 정도 무림 내에서 꽤나 명망 있는 문파들이라는 점이었다.

나름 세력이 커진 남궁혁으로서도 저들이 마교의 주구라고 언급하기엔 부담이 컸다.

아무래도 또 본가의 힘을 빌리는 쪽이 좋을 것 같았다.

다만 이번에는 저번처럼 오행신공으로 마기를 느꼈다는 등의 말로 얼버무릴 수 없었다.

마교의 비밀 분타라니, 그야말로 기밀 중에 기밀이 아닌가.

아무리 가족 같은 이들이라고 해도 이전 생의 삶을 설명할 수는 없는 노릇이었기에 남궁혁은 머리가 아팠다.

계속 여기 있는다면 뭔가 방법이 생길 것도 같은데, 비무 대회가 파행되었으니 더 이상 무림맹에 머물 만한 명분이 없었다.

양명의 부상을 이유로 좀 더 버틸 수는 있겠지만, 과연 그 안에 마교의 비밀 분타에 대한 정보를 흘릴 만한 기회가 올까?

'차라리 세가로 돌아가서 기회를 엿봐? 아니면 비밀 투서를 한다든지?'

어느 것도 괜찮은 방법 같진 않았다.

전자는 무림맹과의 끈을 아예 놓아 버리는 거고 후자는 들키기라도 하면 오히려 마교의 끄나풀로 오해받을 가능성이 높았다.

백지장도 맞들면 낫다는데, 제갈화영이라는 최고의 군사는커녕 누구에게도 털어놓질 못하니 답답하기 그지없었다.

결국 아무에게도 말을 꺼내지 못하고 고민하는 사이 며칠이 흘렀다.

그 사이 제갈화영과 제갈화천은 본가로 돌아갔다. 어쨌든 그녀는 아직 제갈가의 사람이었기에 가주의 명령을 따라야 했으니까.

그동안 무림맹은 정파 무림 전체에게 명령할 권한을 갖는 사성체제에 돌입했다.

정도 무림이 비상시국을 맞이할 때마다 편성하는 임시 체제.

구파일방과 오대세가를 비롯한 무림맹 소속 모든 문파의 수장이 사성회에 소속되며 그 회주를 무림맹주가 맡는다.

그리고 공격, 수비, 보급, 정보 네 분야를 중심으로 맹 내의 모든 조직을 개편한다.

각기 화성부, 금성부, 목성부, 수성부라 이름 붙여진 부서들의 수장은 무림맹주가 선출한다.

마교에 대한 적극적인 공세를 담당하는 화성부에는 남궁세가주 남궁현열이, 무림맹 외 기타 무림의 주요 지역을 지키고 방어 전략을 지휘하는 금성부에는 해남검문의 모예령이 수장을 맡았다.

보급을 담당하는 목성부는 각 문파 휘하의 상단 및 전장의 연합회인 금무회의 회주이자 매화전장의 장주인 은성렬이 맡게 되었다.

수성부는 만장일치로 제갈가주가 추대되었지만, 그는 이 자리에 오지 않은 관계로 당분간 제갈민이 수성부의 수장을 대리하기로 했다.

이전 생의 남궁혁은 목성부 소속이었다. 보급창의 장인이었으니까.

그치만 이번에는 좀 다른 역할을 맡아야 했다. 목성부는 마교와의 전쟁에서 빼려야 뺄 수 없는 중요한 조직이었지만 적극적으로 판도를 뒤집어 놓을 수 있는 곳은 아니었으니까.

기회를 엿보던 남궁혁에게 드디어 그 기회라는 녀석이 찾아왔다.

무림맹 무사가 남궁장인가의 숙소로 찾아와 남궁세가주가 찾는다는 전갈을 전했다.

사실 반 정도는 예견하고 있던 상황이기도 했다. 남궁현열은 남궁혁을 상당히 아끼고 있으니까.

사윗감으로 생각하고 있는 남궁혁이 무림맹 내에서 인지도를 높이고 자리 잡을 수 있는 기회를 그가 그냥 날리겠는가.

남궁혁은 청운당 내의 남궁세가의 숙소로 향했다.

지난번에는 남궁혁을 견제하던 무사는 어디 갔는지 안 보이고, 새로운 무사가 남궁혁을 안으로 공손히 안내했다.

아무래도 뭔가 위에서 언질이 있던 모양이었다.

"왔구나, 혁아. 어서 앉거라."

내실로 들어오자마자 남궁가주가 그를 반겼다. 며칠 사이 일이 많았는지 그의 주변에는 온갖 서류가 산더미처럼 쌓여 있었다.

"며칠 만에 뵙네요. 잘 지내셨어요?"

"잘 지내긴. 네 옆을 돌아 보거라. 어찌나 일이 많은지. 이러다간 서류에 파묻힐지도 모르겠구나."

"무림맹 정도의 조직을 재편한다는 게 쉬운 일은 아니니까요."

남궁혁이 어깨를 으쓱였다.

남궁장인가 정도의 중소문파도 조직을 개편하려면 몇 날 며칠을 씨름해야 하는데, 무림맹 정도의 거대 조직은 얼마나 머리가 아플까.

남궁혁의 말에 남궁현열이 고개를 저었다.

"조직이야 이전에 쓰던 사성체제를 조금만 변형하면 되는 일이지. 문제는 그 자리에 누굴 들이냐는 거란다."

"마땅한 사람이 없으신가 봐요?"

남궁혁이 아무것도 모르는 척하며 물었다. 남궁현열이 씩 웃었다.

"네가 그렇게 눈치 없는 녀석이라고 생각하진 않는다. 네가 한 자리를 맡아 줬으면 좋겠구나."

"숙부님과 맹에 도움이 된다면 얼마든지요. 어디를 도와드리면 될까요?"

"네가 원하는 곳이 있다면 거기로 보내 주마."

남궁현열이 남궁혁에게 선택권을 넘겼다. 남궁혁은 잠깐 생각하다가 입을 열었다.

"천무대에 들어갈 수 있을까요?"

"천무대에?"

조금 의외였다. 남궁현열이 침음을 삼켰다.

"어려울까요?"

"천무대는 후기지수들이 주축인 부대니 어려울 것은 없지만, 그보다 더 좋은 자리도 많지 않으냐. 내가 그런 데 넣어 줄 힘이 없는 것도 아닌데."

원래대로라면 천무대는 실력 있는 후기지수들로 구성되어, 마교와의 전쟁 시 최전선으로 보내지는 부대였다.

하지만 이번에는 대다수의 원로들이 천무대를 후방으로 돌리는 데 합의했다.

비무 대회에서 많은 제자들을 잃어버린 탓이었다.

주요 임무는 무림 내부에 파고든 마교의 잔당들을 수색하는 것.

최고의 후기지수들을 모아 놓은 부대에게 맡기기엔 상당히 시시한 일이었다.

당연히 공적을 세울 기회도 적어질 테고, 발언의 힘도 약하다.

남궁혁이 이번 기회에 입지를 단단히 다졌으면 하는 남궁현열로서는 별로 추천하고 싶지 않은 자리였다.

"그래도 천무대가 좋은데. 안 될까요?"

"흐음……."

남궁현열이 침음을 흘렸다. 그가 아는 남궁혁은 이런 일에 제 안위 하나 챙기자고 후방 부대로 빠질 아이가 아니었다.

그가 후방으로 가겠다면 뭔가 생각이 있는 게 분명했다. 그게 뭔지는 모르겠지만.

'흐음, 이참에 이 아이의 심중에 있는 것들을 마음껏 펼칠 수 있게 해 주는 것도 좋겠군.'

딸인 남궁옥은 그에게 종종 말하곤 했었다.

남궁혁이 자신들을 가족으로서 가깝게 여기긴 하지만 뭔가 털어놓지 않는 비밀이 있는 것 같다고.

남궁현열은 그걸 억지로 캘 생각은 없었다.

무림인이라면 무공에 관해서든 깨달음에 관해서든 자신만 갖고 있는 비밀이 있는 법이니까.

특출난 장인인데 무공 실력마저 뛰어난 점을 미루어 보아 남모를 기연이라도 얻은 게 아닐까.

천무대에 가려고 하는 것도 그러한 일과 연관이 있을지 몰랐다.

남궁혁의 배포와 그릇을 알아보기에도 좋은 기회가 될 것이다.

"좋다. 천무대에 넣어 주마."

"감사합니다."

남궁혁이 고개를 숙였다. 천무대는 화성부의 밑에 있으니 그가 넣어 준다면 별 잡음 없이 처리될 게 분명했다.

*   *   *

이튿날.

남궁장인가의 숙소에 간만에 보는 얼굴이 나타났다. 은태림이 남궁혁을 데리러 온 것이다.

그 또한 후기지수로서 천무대에 속해 있긴 했지만 대부분의 시간을 목성부의 수장인 아버지를 돕느라 천무대에는 얼굴을 잘 비치지 않는 인사였다.

"오랜만이야, 천무대주님. 모시러 왔어."

"천무대주?"

은태림이 남궁혁을 보자마자 뜬금없는 소리를 내뱉었다.

웬 말이냐는 얼굴로 빤히 쳐다보자 은태림이 씩 웃고는 품 안에서 임명장을 꺼내 건넸다.

　　남궁장인가의 소가주 남궁혁을 무림맹 천무대의 대
　주로 임명한다.

　　　　　　　　　　　　　　화성부 수장 남궁현열

분명 남궁현열이 친필로 쓴 임명장이었다.

아니 그 아저씨, 적당히 넣어 주겠다더니 웬 대주 자리야?

남궁혁이 미간을 찌푸리자 은태림이 신기하다는 듯 물었다.

"좋은 자리 꿰찼는데 마음에 안 드는 눈치네?"

"귀찮잖아. 대주면 천무대 전체를 다 지휘해야 하는데."

남궁혁이 뒷머리를 긁었다. 애초에 남궁혁이 천무대를 자원한 건 마교의 수색을 담당하는 부대여서도 그렇지만 대원들의 자율성이 높다는 점에 있었다.

그치만 대주가 되면 무림맹이 직접 내려 주는 명령도 수행해야 하고 각 대원들을 관리할 책임도 있다.

남궁현열은 좋은 자리를 준답시고 감투를 내려 준 거겠지만 남궁혁에게는 영 귀찮은 자리였다.

원래 남궁혁의 계획은 이랬다.

천무대 대원으로서 혼자 마교의 지부를 찾겠다고 돌아다니다가 우연히 알게 된 척 그가 알고 있는 마교의 지부를 하나씩 보고하는 것이다.

그러면 무림맹이 알아서 해당 지부를 처리해 줄 테니까.

그치만 대주가 되면 무림맹이 직접 내려 주는 수색명령을 따라야 하니 남궁혁이 원하는 방향으로 갈 수가 없었다.

어쨌든 이미 임명장은 내려졌고 남궁혁은 은태림을 따라 천무대 대원들이 대기하고 있는 장소로 향했다.

"왔나."

"혁이 왔구나."

"천룡, 옥 누님."

신무회에서 봤던 사람들이 꽤 많은 가운데 팽천룡과 남궁옥이 눈에 띄었다. 후기지수들 내에서도 손꼽히는 실력자들인 탓인지 그들 주변에는 사람이 많았다.

물론 두 사람의 성격상 이들을 귀찮아하는 눈치가 역력했지만.

남궁혁이 오자 마침 잘됐다는 듯 두 사람 다 남궁혁의 곁으로 다가왔다.

"자자, 여러분. 천무대의 대주님을 모셔 왔습니다. 남궁 장인가의 남궁혁 소협입니다."

활발한 은태림이 분위기를 환기하며 모두의 시선을 한곳으로 모았다.

갑자기 수십 명의 시선을 받게 된 남궁혁은 조금 당황했지만 의연하게 자리에 섰다.

사람들은 저마다 숙덕거렸다. 화성부로부터 얘기는 들었지만 정말 저자가 자신들의 대주라니.

여기 있는 자들은 무림맹 내에서도 인정받는 후기지수들이 대부분이었다.

특히 구파일방과 같은 대문파에서 많은 어른들의 가르침을 받으며 자란 자존심 강한 직계 제자들이 남궁혁을 보는 눈빛은 특히나 더 곱지 않았다.

갓난쟁이일 때부터 힘과 무공이 모든 것을 가르는 무림의 이치에 따라 살아온 이들이다.

그런 이들이 이번 대회에서야 겨우 이름을 들어 본 남궁세가의 방계 따위에게 명령을 듣는다는 걸 용납할 수 있을리 없었다.

"이의 있습니다. 남궁 소저나 팽 소협 같은 실력자도 있는데 어째서 당신이 대주를 맡는 겁니까?"

남궁혁이 대주로서 인사를 하기도 전에 누군가가 손을

들며 물어 왔다.

'그래, 이런 게 귀찮단 말이야.'

이미 예상은 한 바였기에 남궁혁이 한숨을 푹 내쉬었다.

이전 생에도 남궁혁은 꽤 젊은 장인이었기 때문에, 무림맹 보급창에 들어갈 때 비슷한 통과의례가 있었다.

남궁혁은 자신에게 질문 아닌 질문을 던진 자를 바라보았다.

복색을 보아하니 공동파의 제자인 듯했다.

얼굴에 불만이 가득했지만 그래도 대놓고 물어보니 다행이었다. 앞에서는 불만을 얘기하지 못하고 뒤에 가서 명령을 안 듣거나 하는 쪽보다는 나으니까.

남궁혁이 만만하니까 면전에서 말을 꺼내는 거긴 하겠지만.

"이름이 어찌 되십니까?"

어찌 됐건 한 번은 거쳐야 할 일이었기에 남궁혁이 예의 바르게 물었다.

상대가 무례하다고 해서 똑같이 무례해져 봤자 같은 수준이 될 뿐이니까.

"공동파의 대천귀검 나태량입니다."

나태량은 남궁혁이 조금이라도 발끈할 거라고 생각했는지, 너무나도 평온한 어조에 당황하며 답했다.

"나 소협께서 생각하시는 천무대주의 자격은 실력인가요?"

"그렇습니다."

"대주가 어디 대문파의 장문 제자나 소가주여야 하는 건 아니고요?"

"이곳은 무림입니다. 뒷배경이 어떻든 실력만 있으면 소협이 우리의 대주가 되는 것에 반대할 사람은 아무도 없습니다."

말은 번지르르하게 잘하지. 남궁혁이 혀를 찼다.

아마 실력이 받쳐 주지 않아도 뒷배가 든든한, 예를 들자면 은태림 같은 녀석이 대주가 됐다면 이렇게 대놓고 말하진 못했을 텐데.

한바탕 칼부림을 해야 하나 생각하고 있을 때, 남궁옥이 나섰다.

"당신은 지난 비무 대회에서 내게 졌었지. 그렇지 않나?"

"그, 그렇습니다."

나태량이 당황했다. 남궁혁이 남궁세가의 방계라지만 빙검화가 나서다니?

"그리고 여기 있는 사람들 중 나보다 실력이 뛰어난 사람은 거의 없는 걸로 압니다만. 그렇지 않습니까? 이의 있는 사람이 있다면 나와 보십시오."

남궁옥의 싸늘한 목소리에 앞으로 나서는 자는 아무도

없었다.

다들 우물쭈물하며 대체 저 얼음 같은 여자가 왜 남궁혁의 편을 드는 건지 의아해 할 뿐이었다.

아무리 같은 집안사람이라고 해도 편을 들거나 나선 적이 없는 그녀인데.

"혁이의 실력은 내가 인정합니다. 그가 전력을 다하면 나조차도 승리를 장담할 수 없어요. 이 정도면 그의 실력에 대한 보증은 충분하겠습니까?"

남궁옥이 서릿발 같은 시선으로 주변을 둘러보았다.

그 빙검화가 자기보다 한 수 위라는 사실을 사람들 앞에서 인정하다니!

무공 실력만큼이나 자존심이 강하기로 유명한 그녀가 이렇게까지 말할 정도라면 사실이 분명했다.

"아, 한 명을 빼놓았군. 혹시 팽 소협은 불만이 있습니까?"

남궁옥이 팽천룡을 바라보았다. 당경민이 천무대 합류를 거절하고 당가타로 돌아간 상황인 지금, 이 자리에서 남궁옥에게 대적할 만한 상대라면 팽천룡이 유일했으니까.

남궁옥의 물음에 팽천룡은 고개를 저었다.

"나도 남궁 여협의 말에 동의합니다."

그의 말에 좌중은 더욱 경악했다. 저 둘이 누구인가. 정파의 고고하기 짝이 없는 실력자들이 아니던가!

저 둘에게 조금만 더 사회성이 있었더라면 신무회의 회주가 바뀌었을 거라는 것이 공공연한 사실일 정도로 두 사람의 실력은 뛰어났다.

반대로 말하자면 그 깐깐한 두 사람이 인정할 정도로, 남궁혁의 실력이 뛰어나다는 게 아닌가.

"이 자리에 지난번 마인들의 습격에서 셋을 상대로 일각 이상 버텼던 이가 있다면 대주 자리에 지원해도 좋다."

팽천룡의 말에 모두들 침만 꼴깍 삼켰다.

그 사건에서 마인들의 실력은 그야말로 엄청났다. 이 자리에 있는 자들은 그때 비무장에 없었거나 운 좋게 살아남은 이들이 많았다.

당시 실력자들 대부분이 비무장에서 마인들을 상대하다가 죽어 나갔으니까.

그 때문에 전방으로 나가야 할 천무대가 이번에 후방으로 빠진 것 아니던가.

"두 분이 대주를 맡으실 생각은 전혀 없으신 겁니까?"

나태량이 다시 한 번 용기를 내서 물었지만, 남궁옥과 팽천룡의 칼날 같은 시선을 받아야 했다.

"나는 관심 없다. 소가주로서 가문과 직속부대를 이끌어 본 혁이가 적임이라고 생각하니까."

"나도 그렇다."

두 사람이 깔끔하게 대주 자리에 욕심이 없음을 천명하고 나자 다른 사람들은 꿀 먹은 벙어리가 되었다.

얼어붙은 분위기를 은태림이 나서서 환기했다.

"자자, 그래도 혁이가 무림맹이나 후기지수들에 대해 모르는 게 많으니까 두 분이 부대주를 맡는 건 어떨까요?"

"그것도 괜찮네. 누님, 천룡?"

남궁혁이 두 사람을 돌아보았다. 이 두 사람이 부대주를 맡는다면 다른 사람들을 통솔하기도 훨씬 쉬워질 테니까.

가장 좋은 것이야 하나하나 상대해서 실력을 보여 주는 거겠지만 지금 당장 마교가 신경 쓰이는 판에 이 어린애들을 상대하고 있을 시간이 없었다.

"나는 괜찮다, 너를 도울 수 있다면."

"나도다."

두 사람은 마치 남매처럼 똑같은 반응을 보여 주었다.

남궁혁이 천무대의 대주를 맡는 일에 대한 불만을 일단락하고, 모두들 회의실 안으로 들어갔다.

남궁혁이 가장 상석에, 그리고 그 양옆에 남궁옥과 팽천룡이 앉고, 그다음에 천무대의 두뇌 역할을 하는 은태림이 앉았다.

대주가 남궁혁이라지만 천무대에 대해서 아는 게 별로 없었기 때문에 회의의 진행은 은태림이 맡았다.

"자아, 일단 우리 부대의 할 일이 마교의 수색이라는 건 다들 아시죠?"

모두들 고개를 끄덕였다. 은태림이 남궁현열에게 받아 온 명령서를 남궁혁에게 건넸다.

"일단 화성부에서 지정한 사람들의 행방을 추적하는 임무가 있고, 나머지는 수성부에서 의심 가는 지역이라고 추측한 곳을 수색하는 임무가 있어요. 화성부의 일은 대주와 부대주 세 분이 조를 짜서 가 주셔야겠는데."

"행선지가 어디어딘데?"

"제남금가의 금진차라고 기억해? 너와 삼 차 예선에서 붙었던 사람."

"아아, 그 사람."

남궁혁이 마기를 느꼈다며 지목한 두 사람 중 하나였다.

소림승과 붙었던 사람은 잡혔으나 금진차는 너무 빨리 무림맹을 떠나서 행방이 묘연하다고 했다.

"그 사람이 절강성의 항주로 떠났다는 얘기가 있어. 한 번 상대해 본 사람이니까 대주님이 가는 게 어떨까 싶은데?"

"항주라고?"

남궁혁이 눈을 빛냈다. 그가 알고 있는 마교의 비밀 분타 중 하나가 바로 그곳에 있었다.

어쩌면 이거 좋은 핑계가 될지도.

"좋아. 내가 거길 갈게."

"대원 중 두세 명을 데려가야 해. 그리고 혁이 너는 무림 맹 일이 처음이니까 부대주 한 명과 함께 가는 게 좋겠어. 천룡, 네가 가라."

"그러지."

"잠깐, 혁이와 함께라면 내가 가겠다."

남궁옥이 끼어들었다. 마인을 수색하러 가는 거지만 이 또한 엄연한 여행. 남궁혁과 단둘이 함께할 기회를 놓칠 순 없었다.

"남궁 여협, 제가 가기로 했습니다."

"양보 못 해 주시겠다 이겁니까?"

"그, 그게 아니라……."

팽천룡이 처음으로 머뭇거리는 모습을 보였다. 남궁옥을 좋아한다더니 진심인 모양이지.

여차하면 비무로 결정하자고 할 기세인 남궁옥을 은태림 이 말렸다.

"진정하세요, 소저. 천룡이 가는 데는 다 이유가 있으니 까요."

"이유라고?"

남궁옥이 매섭게 물었다. 남궁혁에게나 나긋나긋하고 부 드러운 누님이지 다른 이들에게는 가차 없었다.

하긴 처음 만났을 때는 남궁혁에게도 저랬지. 새삼 그녀의 첫인상을 떠올리며 남궁혁이 피식 웃었다.

"화성부에서 부탁한 나머지 한 명이 해남도로 갔다는 정보가 있거든요. 아무래도 남자가 운신하기는 힘든 곳이라 부대주 중 여자인 남궁 소저께서 가 주셔야 할 거 같습니다."

"그래도……."

남궁옥은 불만이라는 듯 미간을 잔뜩 찌푸렸다.

앞에 앉은 천무대원들은 꿔다 놓은 보릿자루가 된 상태로 남궁옥의 다채로운 표정 변화에 놀라움을 금치 못했다.

"누님, 부탁할게요."

남궁옥이 앓는 소리를 냈다. 남궁혁이 부탁이라는 말까지 꺼냈는데 거절할 수도 없고.

"알았다. 내가 가서 그 마인인지 마녀인지 잡아오마."

"고마워요, 누님."

남궁혁이 씩 웃으며 감사를 표하자 남궁옥의 얼굴에 옅은 화색이 돌았다.

"항주 쪽에 내가 껴도 괜찮겠지? 거기 있는 금림상단은 매화전장하고 오랜 관계를 맺어 왔으니까 편의를 제공받을 수 있을 거야."

은태림이 끼어들었다. 어차피 남궁혁으로서야 어찌 되든 상관없었지만 기왕이면 친구들과 함께 가는 쪽이 편하긴 했다.

그리하여 항주에는 남궁혁과 팽천룡, 은태림이 가고 해남도에는 남궁옥을 위시한 세 명의 여협이 가기로 결정됐다.

"나머지 수색 지점들은 같은 문파끼리 모여서 같이 가는 게 좋겠네요. 그렇지, 태림?"

"맞아. 그래야 편할 테니까. 최대 네 명까지 조를 짜서 알려 주세요."

은태림의 도움 덕분에 남궁혁은 수월하게 천무대의 회의를 진행했다.

남궁혁과 남궁옥의 조를 제외하고 총 네 개의 조가 생겼고, 각기 사천과 강소, 호북과 산서로 가기로 결정됐다.

걱정했던 것과는 달리 남궁혁이 귀찮을 일은 별로 없었다.

은태림이 대주로서 해야 할 다양한 절차나 방법들을 가르쳐 주었고, 대원들은 남궁혁의 양옆에 앉은 남궁옥과 팽천룡의 기세에 눌려 남궁혁에 대한 불만을 더 얘기하지 않았다.

그렇게 모든 일이 잘 마무리되어 가는 거 같았는데, 저기 탁자의 말단에서 누군가 쭈뼛거리며 손을 들었다.

"저기 끝에 손 든 분, 뭐 말씀하실 거라도?"

남궁혁이 그를 호명하자 그가 자리에서 일어났다.

유백색의 무복으로 보아 공동파의 제자 같은데, 실전적인 살검을 추구하는 공동파 치고는 꽤 유약한 인상이었다.

"저…… 조가 없어서……."

그가 말을 흐리며 주변의 눈치를 봤다. 은태림이 남궁혁에게 작게 귀엣말을 했다.

"공동파 십삼 대 제자 나태영이야. 나태량의 동생이지."

그 말에 남궁혁이 고개를 갸웃거렸다. 나태량은 공동파에서 나름 발언권이 있는 거 같던데 왜 동생을 안 데려갔지?

"공동파 여러분과 함께 호북으로 가시면 되지 않나요?"

"죄송합니다만, 대주. 호북 조는 네 명이 다 찼습니다."

나태량이 볼멘소리로 말했다. 남궁혁이 싫어서 저러는 건지 나태영이 싫어서 그러는 건지 알 수가 없었다.

"네 명이나 다섯 명이나 똑같은데. 다른 조도 다 찼는데 따로 조를 만드느니, 기왕이면 같은 문파에서 데려가시는 게 나을 텐데요."

"네 명과 다섯 명이 어찌 같습니까? 한 조당 주어지는 활동비가 같으니 다섯 명이면 한 명당 활동비도 더 적어지고, 객잔에서 숙소를 잡을 때도 사람 하나 때문에 방을 하나 더 잡아야 하지 않습니까?"

아니. 뭐 이런 의리 없는 놈들이 다 있어? 남궁혁은 슬슬 나태량이 마음에 안 들기 시작했다.

처음에는 줏대 있게 자기 의견을 표출하기에 좀 거슬리긴 해도 괜찮은 녀석인 줄 알았더니.

무슨 일인지는 모르겠지만 지금 자기 친동생을 따돌리고 있는 거 아닌가.

"그렇다고 나 소협 혼자 보낼 수는 없잖아요?"

"그러면 대주가 데려가시던지요. 마침 항주 조는 세 명 아닙니까."

"맞아요. 낙오된 자를 챙기는 게 대주의 역할이죠."

공동파 사람들이 나태량에 이어 목소리를 냈다.

다른 조 사람들도 남궁혁의 눈을 피하는 것이 아무래도 나태영이 끼는 게 탐탁잖은 모양이었다.

기가 좀 약해 보이긴 하지만 별로 문제는 없어 보이는데.

나태영 한 사람쯤 못 데려갈 거야 없었다.

저렇게 대놓고 한 명을 따돌리는 걸 보니 속이 좋지 않기도 하고.

"좋습니다. 나태영 소협은 저희 항주 조와 함께하지요."

"가, 감사합니다."

나태영이 꾸벅 고개를 숙이자 나태량이 작게 투덜거렸다.

"저 한심한 놈 데려가서 속이나 썩어 보라지."

작은 목소리였지만 그 자리에 있는 사람들 중 청력 단련을 소홀히 한 이는 없었으므로, 모두의 귀에 나태량의 말이 꽂혔다. 나태영의 얼굴이 검게 물들었고 남궁옥과 팽천룡의 얼굴이 심하게 구겨졌다.

남궁혁은 인상을 찌푸리는 대신 부드럽게 웃으며 말했다.

"중요한 전력을 내주서서 감사합니다. 나 소협께선 저희와 함께 큰 공을 세우실 테니까요."

"별말씀을. 그러면 우리 공동은 먼저 일어나겠습니다."

나태량을 위시한 공동파의 제자들은 남궁혁이 물러나라는 말도 하지 않았는데 자리에서 일어나 회의실을 나갔다.

"저것들이 진짜……!"

"참으세요, 누님."

그 예의 없는 행동에 남궁옥이 발끈하려는 걸 남궁혁이 붙잡았다.

"서두르자. 장로님의 정보에 의하면 호북에 마교의 큰 비밀 지부가 있다고 한다."

남궁혁은 서둘러 나서며 작게 얘기하는 그들의 뒷모습을 보면서 피식 웃었다.

이전 생에 호북이 비밀 지부가 있기는 했다.

약 오십 년 전에 세워졌던 지부인데 너무 티가 나서 이미 다른 데로 이전한 지 오래였다.

공동파는 호북까지 가서 빈집이나 털고 큰 허탕을 치리라.

"자, 공동파 분들도 떠나셨으니 우리도 준비를 할까요?"

남궁혁의 말이 떨어지자 다들 자리에서 일어났다.

남궁혁은 우선 진우, 진하와 기린대를 섬서로 돌려보냈다.

제자들은 같이 가고 싶어 하는 눈치였지만 이제 진우는 어엿한 장인부의 일원이기도 했으니 더는 놀려 두어선 안 될 성싶었다.

대주가 다친 기린대는 당연히 돌아가야 했다.

또 무림맹의 일을 하는데 세가의 무인들을 동원하는 것도 좀 이상하니까.

그렇게 남궁장인가의 사람들을 돌려보낸 후에도, 며칠 동안 남궁혁은 항주로 출발하지 못했다.

왜냐, 일이 많아서!

무려 일곱 개 조가 각기 출발하는 탓에 각자 활동비를 신청해 줘야지, 근처 문파에 협조를 구하는 공문을 보내 줘야지, 수성부와의 연락망을 알려 줘야지…….

그 외 등등 기타 잡무가 남궁혁에게 쏟아져 내렸다.

대주라는 직책이 맡은 임무는 그냥 간단하게 대원들 여기 가라 저기 가라하고 끝날 일이 아니니까.

이래서 대주 같은 거 하고 싶지 않았는데.

한숨을 쉬면서도 남궁혁은 빠른 속도로 일을 처리했다.

이런 일에 익숙한 은태림이 옆에 붙어 있었던 것도 있지만, 사실상 한 가문을 이끄느라 행정 잡무에 능숙한 덕분이었다. 그 속도는 은태림마저 놀랄 정도여서 그들은 예상했던 것보다 하루 더 빨리 떠날 수 있게 되었다.

인무문 밖에서 친구들을 기다리고 있는 남궁혁의 짐은 단출했다.

기린대와 제자들이 큰 짐은 전부 들고 떠난 덕이었다.

직접 만든 검 한 자루와 가벼운 봇짐이 전부.

혼자 외유를 떠났을 때 큰 철과까지 메고 다녔던 걸 생각하면 정말 간소한 짐이었다.

'여럿이 가니까 이런 점이 괜찮군.'

밖에서 노숙을 하거나 식사를 준비할 때 필요한 짐을 나눠 들기로 하니 이렇게 편할 수가 없었다.

고작 그 정도 짐이 무거운 건 아니지만, 짐이 많으면 신경이 쓰이니까.

이윽고 팽천룡과 은태림이 나타났다.

두 사람 다 먼저 협의한 대로 간단한 짐을 나눠 든 채였다.

"나 소협이 안 오는군."

팽천룡이 팔짱을 낀 채 중얼거렸다. 남궁혁이 하늘을 바라보았다. 벌써 해가 중천이었다.

약속한 시간이 지났는데 나태영은 영 올 기미가 보이질 않았다.

은태림은 어느 정도 예상했다는 듯 어깨를 으쓱였다.

"공동파 내에선 무공서도 제대로 못 외우는 부진아로 소문이 났다더니. 이러다간 대파산 자락도 못 지나서 하루가 가겠는데. 찾으러 갈까?"

"갔다가 길이 엇갈리면 어떡해?"

"내가 여기 있을 테니까 너희 둘이 다녀와."

은태림이 적당한 제안을 내어놓았다. 어차피 있어 봤자 청운당 내의 공동파 숙소에 있지 않겠냐는 얘기였다.

남궁혁과 팽천룡은 한참 말없이 청운당으로 향했다.

성격만큼이나 입도 활발한 은태림이 없으면 사실상 두 사람은 별로 얘기를 하지 않았다.

그런데도 마음은 잘 맞는 편이니 참 신기하다고 할까.

"길을 잘 아는군."

문득 팽천룡이 입을 열었다. 정신을 차리고 보니 남궁혁이 앞장서 가고 있었다.

아차 싶었다. 자신은 무림맹에 처음 온 상황이어야 하는데.

"비무 사이사이에 시간이 많았잖아. 애들 구경시켜 주느라 여기저기 돌아다녔지."

"흐음."

팽천룡은 그답지 않게 눈을 가늘게 뜨곤 남궁혁을 바라보았다.

뭔가 의심스러워하는 눈치였지만 뭐, 아무리 의심한다 해도 웬만큼 창의력이 뛰어나지 않은 이상 삶을 두 번 산다는 생각은 못하겠지. 은태림도 아니고 팽천룡이.

어쨌든 그들은 돌고 돌아 공동파의 숙소에 도착했다.

당연히 문 앞에는 아무도 없었다. 공동파의 사람들은 며칠 전 벌써 출발했으니까.

"검 휘두르는 소리가 들린다."

팽천룡의 말에 남궁혁이 숙소의 문을 밀어 보았다. 과연, 사람이 없을 때는 잠겨 있어야 하는 숙소의 문이 열려 있었다. 아무래도 아직 여기 있는 모양이었다.

길이 엇갈리지 않아 다행이라고 해야 할지, 약속 시간이 한참 지났는데도 왜 여기 있냐고 화를 내야 할지.

"나 소협, 여기 있어요…… 엥?"

검 휘두르는 소리의 종적을 쫓아 도착한 연무장에서는 나태영이 땀을 삐질삐질 흘리면서 검을 휘두르고 있었다.

뭐 그 정도면 수련에 열중하다가 약속을 잊었구나 했을 것이다. 무인들 사이에서는 의외로 흔히 있는 일이니까.

"흐럇—!"

문제는 나태영이 검을 휘두르는 대상이었다.

뻐억—!

공동파 특유의 가볍고 날랜 검이 나무토막에 퍽 박혔다.

말이 좋아 나무토막이지 사실상 장작이었다.

나태영은 그 가는 팔로 장작에 박힌 검을 낑낑거리며 빼더니, 이내 다시 나무토막을 힘 있게 내리쳤다.

힘 있게 라고는 해도 요령이 없어서인지 장작은 쉽게 갈라지지 않았다.

당연히 검은 또다시 장작에 푹 박혔고, 나태영은 또다시 낑낑거리며 검을 뽑아냈다.

"잠깐, 그만!"

나태영이 다시 검을 장작에 내리치려는 모습에 남궁혁이 급하게 외쳤다.

결을 쪼개는 것도 아니고, 저렇게 무식하게 나무에 검을 내려치면 검날이 미친 듯이 상한단 말이야!

"아, 남궁 소협, 팽 소협. 오셨어요?"

"아니, 오셨어요. 라니. 나 소협, 지금 해가 중천이에요. 우리 아침에 만나서 출발하기로 한 거 잊었어요?"

남궁혁이 하늘의 해를 가리켰다.

그는 땀을 닦으며 하늘을 쳐다보곤 헉! 소리 나게 숨을 삼켰다.

"죄, 죄 .죄, 죄송합니다! 시간이 이렇게 된 줄 모르고! 죄송합니다, 죄송합니다!"

나태영이 검을 내려놓고 연신 허리를 숙였다.

남궁혁이 머리를 짚었고 팽천룡마저도 한숨을 내쉬었다.

"대체 뭘 하고 있던 거예요? 무아지경으로 수련에 빠져 있었다라고 하면 이해라도 하겠는데."

남궁혁이 너덜너덜해진 장작 토막을 집어 들었다.

한 편에는 엉망으로 쪼개진 장작들이 한 무더기 쌓여 있었다.

"그, 그게…… 우리가 쓴 만큼 장작을 채워 놓고 가야 한다고 사형이 명하셔서……."

나태영이 우물쭈물하며 사실을 털어놓았다. 아니 이건 또 무슨 해괴한 소리야.

"그냥 가면 무림맹 사람들이 알아서 채워 놓을 텐데요? 어차피 구대문파가 내는 후원금에 문파별 숙소 사용금이 다 포함되어 있을 텐데 그게 무슨 소리야?"

남궁혁은 또 아차 하며 입을 다물었다.

아무나 알 수 없는 비밀은 아니었지만 쉽게 알 수 있는 내용도 아니었다.

팽천룡의 수상쩍은 시선이 따라붙었지만 그는 애써 모른 척했다.

"그래도 사형이 명령하신 거니까……."

"그 사형 지금 없잖아요. 그리고 나 소협은 우리 조고. 사형의 말 때문에 조에 피해를 입혀서 되겠어요?"

"그, 그건 아닙니다!"

"그럼 당장 그거 내려놓고 준비하고 나와요. 반 각 드릴게요. 실시!"

"네, 넵!"

나태영이 허둥지둥 방 안으로 들어갔다. 그 모습에 남궁혁은 머리가 지끈지끈 아픔을 느꼈다.

어쩐지 공동파가 왜 나태영을 따돌리는지 이해가 갈 것 같기도 했다.

그렇다고 해서 공동파가 잘했다고 생각하진 않지만.

정확히 반 각 만에 나태영이 짐을 둘러메고 나왔다.

그래도 시킨 건 정확하게 하는 성격인가.

사형이 시켰다고 얼토당토 않는 장작 패기 같은 걸 하고 있었던 것도 그렇고.

조원으로서는 나쁘지 않은 유형이었다.

나태영을 데리고 약속 장소로 돌아가자 은태림이 기다리고 있었고, 그제야 그들은 인무문을 넘어 항주로 출발하게 되었다.

第四章

항주로의 여정

　무림맹을 출발한 지 이틀. 네 사람은 이렇다 할 대화 없이 묵묵히 산길을 걷고 있었다.

　팽천룡이야 원래 묵묵한 녀석이었고 남궁혁도 딱히 수다스러운 성격은 아니라지만 은태림마저 조용하다니. 좀 이상하기는 했다.

　그리고 이 적막한 고요의 주범, 나태영은 눈치를 보며 일행의 맨 뒤에서 길을 따라가고 있었다.

　'어떡하지? 어떡해 이 분위기……! 다들 내가 싫어지셨을 거야. 두고 간다고 하면 어쩌지? 공동파로 돌아가라고 하면 어쩌지?'

그는 무인답지 않게 손톱을 잘근잘근 깨물며 불안한 얼굴을 여실히 드러내고 있었다.

사건의 발단은 그들과 친해지려는 나태영의 과도한 의욕에서 비롯됐다.

"여러분, 그거 아세요?"

"뭔데요?"

"재수 있고 재물 있고 재치 있는 게 뭘까요?"

"음...... 모르겠는데."

"바로 삼재검법!"

"아, 그렇군요."

"나 소협, 지금 그거 농담이라고 한 거 아니죠?"

"......재미없군."

남궁혁은 예의로 빙긋 웃어 주긴 했지만 은태림과 팽천룡의 반응은 그야말로 가차 없는 수준이어서, 나태영의 발걸음은 하나둘 처지고 있었다.

뭐라도 도움이 되어야 했다. 그렇지 않고서야 이 엄청난 조에 끼고서 민폐만 끼칠지도 몰랐다.

나태영은 고개를 들고 앞서가는 자신의 조원들을 하나하나 바라보았다.

우선 천룡도 팽천룡!

나태영보다 일곱 살이 더 많은 팽천룡은 두말할 것도 없는 후기지수의 우상이었다.

자신이 그 천룡도와 한 조가 되었다는 걸 알면 본문에 있는 동기들이 무척이나 부러워할 게 빤했다.

매화은룡 은태림.

그는 무공 실력은 평범한 축에 속했지만, 그의 머릿속에 들어 있는 방대한 정보와 돈에 대한 본능에 가까운 직감은 웬만큼 천재라 불리는 지략가들도 한 수 접어 줄 정도였다.

특히 투자에 관해서는 귀신같아서 매화전장의 장주가 아들 칭찬을 입에 달고 살 정도라고.

거기다가 생긴 것은 웬만한 미녀 뺨치는 미인이지, 말재주 있고 성격도 좋아서 두루두루 인간관계도 좋지. 어떤 의미로는 팽천룡보다 더 부러운 존재였다.

마지막으로 기린지장 남궁혁.

나태영은 제 바로 앞에서 설렁설렁 걸어가는 그를 존경스러운 눈으로 바라보았다.

무림에서 다섯 손가락 안에 드는 대장장이인 데다가 빙검화, 천룡도가 인정하는 실력자라니!

남궁혁이 더 형이긴 하지만 나태영과 나이 차이도 얼마 안 나는데, 어떻게 저 나이에 두 분야에서 저렇게 대단한 존재가 될 수 있는 걸까?!

게다가 이렇다 할 대문파 출신도 아니고 남궁세가의 방계로서 아무런 지원 없이 가문을 일으켜 세웠다고 했다.

소가주지만 가주인 아버지는 장인 일에 몰두하는 편이라 실질적으로는 남궁혁이 가문 관리를 다 한다는 소문까지 들었을 때는 그야말로 기절하는 줄 알았다.

'역시 저런 사람을 천재라고 하는 거겠지? 부럽다…… 나는 하나도 제대로 못하는데.'

동기인 삼대 제자들 중에는 최약체.

아직 열 살 전후인 사대 제자들의 수련에 불려 다니며 그들 중 제일 뛰어난 이들과 시범 대련을 하다가 가끔 질 때도 있는 나태영이 보기엔 남궁혁은 그야말로 신이었다.

'같이 다니다 보면 두 분에게 검에 대한 지도를 받을 수 있지 않을까? 팽 소협은 도를 쓰지만 남궁 소협은 검을 쓰니까. 성격도 좋아 보이고…….'

힐끔거리며 앞에 가던 남궁혁을 보던 나태영은 문득 양손으로 제 뺨을 찰싹찰싹 때렸다.

'정신 차려 나태영! 출발부터 민폐를 끼친 주제에 본문 외의 분께 지도를 받을 생각을 하다니! 넌 공동의 수치야!'

눈물이 찔끔 날 정도로 뺨을 짜악짜악 때리자 머리가 얼얼했다.

게다가 출발하기 전, 형인 나태량이 그에게 뭐라고 말했던가.

"이 멍청아. 알아들었어? 함께 다니면서 대체 저
남궁혁이라는 놈이 어떤 놈인지 알아보란 말이야."

말하자면 나태영은 일종의 간자였다.

물론 나태량이 그에게 뭔가 대단한 역할을 기대한 건 아니었으리라. 그저 저 눈꼴신 녀석의 약점이라도 잡을 수 있다면 좋겠다는 생각 정도일까.

그래도 형이 부탁한 일이었다.

나태영으로서는 반드시 형에게 남궁혁의 약점을 찾아서 뭔가 알려 줘야 했다.

그런데 그에게 도움을 받을 생각이나 하고 있었으니…….

"왜 그래요, 나 소협?"

정신을 차려 보니 뺨을 때리는 요란한 소리 탓인지 세 사람이 그를 돌아보고 있었다.

"우와, 볼 봐. 원숭이 엉덩이가 보면 친구하자고 하겠네."

"……."

세 사람의 시선에 나태영은 어쩔 줄을 몰랐다.

썰렁한 농담으로 분위기를 어색하게 만든 걸로도 모자라

이상한 행동까지 하다니.

"아, 아닙니다. 그냥 배가 고파서요!"

"배가 고프다고 뺨을 때려요?"

"네! 사문에서 단식 수련을 할 때 이렇게 배웠거든요! 하하하!"

당황한 나머지 얼토당토 않는 소리까지 내뱉고 나자 나태영은 조금 죽고 싶었다.

'진짜 이렇게까지 한심한데 살아도 되는 걸까⋯⋯?'

나태영이 어깨를 축 늘어트렸지만 세 사람은 진짜 공동파에 그런 수련 방법이 있다고 믿는 눈치였다.

무림 문파란 원래 별 기이한 일들을 수련이라는 명목 하에 하곤 하니까.

"신기한 방법이네. 슬슬 배고프긴 한데. 마을은 아직 멀었지?"

남궁혁이 지도에서 봤던 마을을 떠올리며 묻자 은태림이 답했다.

"몇 시진은 더 가야해. 밤이나 되어야 도착할 거 같은데. 이쯤에서 자리 깔고 밥을 먹는 게 좋지 않을까?"

"밥 먹자. 나도 배고프던 참이다."

은태림이 대충 거리를 가늠하자 팽천룡이 끼어들었다.

남자답게 생겨선 '밥 먹자.' 라니. 하여간 종잡을 수 없는 녀석이었다.

"천룡 이 녀석 은근히 배고픈 거 못 참거든. 나 소협, 우리 여기서 밥 먹죠."

"그, 그럼 제가 밥을 하겠습니다!"

나태영이 짐을 내리며 나섰다.

"다 같이 해요. 따로 식사 당번 같은 걸 정한 것도 아닌데."

"아닙니다. 제가 늦어서 출발도 늦었는걸요."

이렇게 말하니 남궁혁이 나태영을 말릴 명분이 없어졌다.

어찌 됐든 약속에 늦은 거에 대한 벌칙은 필요했으니까. 이건 단체 생활을 할 때의 기본이었다.

"그리고 세 분 다 말 편하게 하셔도 돼요. 전부 저보다 나이도 많고 실력도 뛰어나신 걸요."

"뭐, 그러면 태영이라고 부를게."

"세 분 다 쉬고 계세요. 제가 다 할게요!"

조금 걱정되긴 했지만 자발적으로 나선 마당이니 믿고 맡길 수밖에.

네 사람은 적당한 자리를 물색했다.

불을 피워도 될 것 같은 공터를 찾자 나태영은 분주하게 움직였다.

짐 속에서 양 손바닥만 한 철과를 꺼내고, 마른 나뭇가지들을 주워 와 불을 피우는 등의 모습이 밥을 한두 번 해 본 솜씨가 아니었다.

저 정도면 그래도 먹을 만한 걸 만들지 않을까? 세 사람은 약간 안도하며 대화를 나누기 시작했다.

주요 얘깃거리는 지금 추적하고 있는 마인에 관한 거였다.

"금진차는 왜 산동이 아니라 절강성으로 갔지? 제남금가는 산동에 있잖아."

남궁혁과 일행들이 쫓고 있는 건 남궁혁이 삼 차 예선에서 붙었던 제남금가의 금진차였다.

확실히 마기가 파악된 인물 중 하나다 보니 무림맹 자체적으로도 쫓고 있는 인물이다.

그런 이를 천무대에게 맡긴 건 역시 후기지수의 안전을 고려한 선택임이 틀림없었다.

"혹시 마교와 접촉하러 간 건 아닐까?"

"사람을 숨기려면 숲에 숨긴다 이건가."

"그치. 항주는 번화한 도시잖아. 무림맹의 비응각이 조사한 바로는 금진차가 무림맹에 오기 전에 항주에 들렀다는 얘기도 있더라고."

역시 은태림, 돈과 관련된 게 아니더라도 신기하게 감이 좋다.

남궁혁은 한가로이 떠다니는 구름을 보며 속으로 중얼거렸다.

'그치. 항주에는 금화전장이 있으니까 말이야.'

금화전장.

남궁혁이 알고 있는 중원 무림 내 마교의 비밀 지부 중 모든 지부에 금전적 조달을 담당하고 있는 곳이었다.

마교는 중원과 멀리 떨어진 사막에 있다.

그곳에서 아무리 돈을 버는 수단이 있다고 해도 중원에서 활동하는 지부에 돈을 대기란 쉽지 않다.

그 말인즉, 그들의 활동 자금은 다 금화전장에서 나온다는 뜻이다.

중요한 지부인 만큼 전력이 만만치 않겠지만, 여기를 제일 먼저 잡는다면 나머지 지부의 활동을 제한할 수 있으리라.

그렇게 생각하면 항주로 가게 된 건 참 운이 좋다고 할 수 있었다.

적당히 금진차를 찾아다니는 척하다가 금화전장이 수상하다!는 투서만 던져도 될 테니까.

물론 금화전장도 상당한 규모를 가진 전장이니까 쉽지는 않겠지만.

"사실 난 모용세가가 좀 의심스러웠는데 말이야."

"뭐?"

은태림의 뜬금없는 추측에 딴생각에 빠져 있던 남궁혁이 펄쩍 뛰었다.

"지금 모용가랑 마교가 결탁했다는 거야?"

"아니, 그냥 추측일 뿐이야."

"무슨 근거라도 있어?"

"모용가의 자매가 이번 비무 대회에 참가하지 않았잖아. 언니 쪽은 몰라도 동생 쪽은 승부욕이 강해서 매번 참가한 다고. 작년부터 갑자기 꼭 빙검화를 이겨야겠다고 이를 갈 면서 수련한다는 건 유명한 얘긴걸. 뭔가 알고 참가하지 않 은 건 아닐까?"

"너무 나간 거 같은데."

남궁혁이 인상을 찌푸렸다. 그가 아는 이전 생의 정보로 는 모용세가는 마교와 별 연관이 없었다.

게다가 모용세가라니. 남궁혁이 아는 모용 자매는 마교 와 결탁할 만한 사람들이 아니었다.

만약 모용가의 가주나 다른 사람들이 마교와 손을 잡아 서 모용 자매가 출전하지 못하게 말렸다면, 모용청연은 아 마 자기 아버지와 절연하는 한이 있더라도 세가를 뛰쳐나왔 으리라.

"으음, 역시 오대세가 중 하나가 마교와 연관이 있다는 건 너무 과한 추측이겠지?"

"그래. 오대세가가 괜히 오대세가야?"

"이번에는 네가 심했다."

팽천룡마저 거들자 은태림이 머쓱하게 뒷목을 긁었다.

그러는 사이 나태영이 불을 올린 철과에서는 아주 맛있는 냄새가 나기 시작했다.

남궁혁이 불 가로 슬그머니 다가갔다.

탁자로 삼기로 한 넓은 바위에는 그새 뭔가 잔뜩 올라와 있었다.

"다 됐어?"

"거의 다 됐어요. 와서 앉으세요."

은태림과 팽천룡도 왔다. 어느새 팽천룡은 직접 깎은 젓가락까지 손에 들고 있었다.

아까 뭔가 손을 꼼지락대더니 저걸 만들고 있던 모양이었다.

이윽고 나태영이 철과를 들고 와 바위 위에 놓았다.

조심조심 뚜껑을 열자 뜨거운 김이 모락모락 솟아올랐다.

남궁혁이 젓가락을 집어넣어 그 안에 있는 건더기 하나를 집어 올렸다.

나태영은 조마조마한 얼굴로 남궁혁의 표정을 살폈다.

"만두잖아?"

아무리 뜯어봐도 그건 만두였다. 아니, 그 잠깐 사이에 만두를 빚었단 말이야?

물론 요리는 전부 나태영한테 맡겨 놓고 자신들은 수다를

떨고 있었다곤 하지만 그가 만두를 빚는 건 본 적이 없었다.

"말린 만두 같은 걸 사 왔어?"

"아, 아뇨. 제가 만들어 둔 거예요. 바싹 마른 재료로 만두를 빚은 다음에 햇볕에 말리면 꽤 오래 가거든요. 항주까지 가다 보면 노상에서 먹을 일이 많을 거 같아서……."

나태영은 주저주저하며 설명을 늘어놓았다. 맛이 있을까? 공동파 사람들은 나태영의 만두를 먹어 준 적이 없었다.

자기 입에야 맛있었지만 남의 입에도 맛있을지 그는 자신이 없었다.

남궁혁은 속 내용물이 들여다보이는 말간 밀가루 피를 빤히 보다가 한 입을 베어 물었다.

맛이 깊은 버섯과 산채, 두부. 그리고 놀랍게도 고기 씹히는 맛까지 났다.

두꺼운 고기는 아니고 육포인 것 같긴 했지만 그래도 노상에서 먹는 만두에 고기까지 들어 있다니?!

더 놀라운 건 이 모든 게 일각이 조금 넘는 시간 동안 준비된 음식이라는 점이었다!

"맛있어! 엄청나게 맛있는데?"

남궁혁이 감탄하며 젓가락을 재차 뻗었다. 은태림과 팽천룡도 한 입씩 맛보더니 만족스러운 얼굴을 했다.

"진짜 괜찮은데. 이 정도면 서안에 가게를 열어도 잘 되겠다. 요리에 소질이 있는걸?"

"맛있군. 더 먹을 수 있겠나."

마지막 팽천룡의 말까지 더해지자 나태영은 기절할 뻔했다.

누군가한테 이렇게 칭찬을 들어 본 게 얼마만이던가.

"공동파 사람들도 참. 호북까지 가려면 노숙을 여러 번 해야 할 텐데 이렇게 솜씨 좋은 사람을 왜 안 데려갔대?"

남궁혁은 아예 봇짐에서 수저까지 꺼내 들어 나태영이 국물을 맛봤다.

그 잠깐 새에 낸 국물도 야채며 고기 건더기가 들어서 맛이 풍성했다. 아무래도 한 번 마른 재료를 다시 물에 불려서 끓인 재료 법 덕분인 것 같았다.

만두에 들은 재료가 너무 딱딱하지 않게 반 건조를 시킨 것도 솜씨가 남달랐다.

이런 사람이 있으면 노숙을 할 때 정말 좋은데. 왜 안 데려간 거지?

"사형과 사저 분들은 제가 만든 음식은 안 드시거든요."

나태영이 씁쓸한 얼굴로 남궁혁의 그릇에 만두를 더 덜어 주었다.

"왜? 먹어 본 적이 없어? 음식을 안 시켰을 거 같진 않은데."

"아, 그게…… 딱 한 번 했었는데 그 이후로 안 시키시더라고요. 아무래도 실수를 많이 했나 봐요."

그가 머쓱하게 웃자 남궁혁은 더는 묻지 않았다.

보나 마나 괴롭힘 같은 게 있었겠지. 다 된 밥에 코 빠트리기라든가.

어쨌거나 덕분에 그들은 항주까지의 긴 여정에 좋은 숙수를 얻었으니까.

"마음에 드시면 앞으로 가는 동안 밖에서 요리는 제가 할게요."

"아니, 꼭 안 그래도 되는데. 뭐, 정 태영이 네가 원한다면야—."

은태림이 거절하는 척 서둘러 나태영의 제안을 받아들였다.

노정에서의 식사는 준비하는 건 번거로울뿐더러 맛있게 만들기도 힘들다. 그런 걸 자원해서 해 주는 사람이, 그것도 맛있게 해 주는 사람이 있다니. 정말 일석이조 아닌가.

팽천룡도 가만히 있는 걸 보니 반드시 그가 요리를 해 주길 원하는 모양이었다.

"그러면 식사 후 정리는 돌아가면서 하고, 나머지 일도 우리가 분담하면 되겠다. 대신 태영이 너는 요리에만 신경 쓰고."

"그, 그래도 될까요?"

"그럼. 이렇게 맛있게 만들어 주는데 그쯤이야. 너도 좀 먹어."

남궁혁이 나태영에게 철과를 빼앗아 그의 그릇에 만두를 담아주려고 했을 때.

쌔액—!

수발의 화살이 쏟아졌다.

제일 먼저 반응한 건 팽천룡이었다.

만두를 집고 있던 그의 젓가락이 현란하게 움직이며 주변으로 쏟아지는 화살을 쳐 냈다.

은태림은 마침 국물을 다 마신 빈 그릇으로 요리조리 화살을 퉁기며 팽천룡의 뒤로 몸을 숨겼다.

문제는 남궁혁이었다.

두 손으로 철과를 들고 있는 상황.

다들 한 번씩밖에 젓가락을 대지 않아 철과에는 아직도 만두와 국물이 잔뜩 남아 있었다.

맨손으로 화살을 쳐 낼 순 없으니 쓸 수 있는 무기라곤 철과밖에 없는데.

"아악! 아까워!"

남궁혁이 짜증스럽게 외치며 철과를 휘둘렀다.

캉! 캉! 캉!

조악한 철로 된 화살이 철과에 튕겨져 나가는 소리와 함께 만두와 국물이 후두둑 바닥으로 떨어지는 요란한 소리가 났다.

"밥 먹을 땐 개도 안 건드린다는데……."

화살은 전부 막아 냈지만 남궁혁은 바닥에 엎어진 그들의 식사를 보며 눈물을 머금었다.

지금이야 상당히 부유해졌다지만 이전 생의 어릴 적엔 배부르게 먹어 본 기억이 없는 그였으니까.

먹을 것을 중요하게 여기는 버릇은 새로운 삶을 살면서도 여전했다.

"웬 놈이야! 나와!"

보기 드물게 눈에 힘을 빡 준 남궁혁이 허리춤에서 검을 뽑아 들었다.

팽천룡과 은태림, 그리고 남궁혁의 철과 신공 덕분에 무사했던 나태영마저 무기를 꺼내 들었다.

"보나 마나 산적들이겠지. 아아, 그냥 지나갈 줄 알고 신경 안 썼는데. 너무하잖아. 겨우 한 입 먹었다고."

"가만두지 않겠다."

특히 그중에서 팽천룡의 기세는 남궁혁에게 맞먹을 정도로 거칠었다.

먹는 걸 중시하고 소중히 여기기로는 그도 남궁혁 못지

않았던 것이다.

과연 은태림의 말대로 저쪽 언덕이 부스럭거리더니 산적들이 모습을 드러냈다.

"하하하! 목숨만 내놓으면 나머지 물건은 살려 주겠다!"

"두목, 그게 아닙니다. 물건을 내놓으면 목숨을 살려 줘야죠."

"아, 그런가? 오! 저기 엄청난 미인이 있는데!"

"미인은 미인인데 남자 아닙니까?"

"네 녀석이 뭘 모르는구만? 원래 뭐든 희소가치가 있어야 비싼 법이야! 여자 미인은 쌔고 쌨지만 남자가 미인이면 값이 두 배지! 그놈도 넘겨라!"

가소롭기 짝이 없는 소리에 은태림이 코웃음을 쳤다.

자신이 아무리 두 친구 정도의 무공을 갖추진 않았다고 하나 어릴 때부터 화산의 장로에게 사사 받은 화산파의 속가제자.

고작 저따위 놈들에게 물건 취급을 당할 사람은 아니었다.

숫자는 고작 열댓 명 정도 될까.

그 흔하디흔한 털가죽조차 두르지 못한 채 낡은 무명옷을 입은 산적은 보기 애처로울 정도였다.

이 대파산 인근에는 산적을 찾아보기 어렵다.

무림맹이 있기 때문에 녹림육십사채도 장강수로십팔채도 이 근방에는 둥지를 틀지 않는다.

무림맹을 들락날락하는 강자가 워낙 많으니까.

그러한 배경이며 놈들의 차림새, 그리고 느껴지는 기세로 보아 대단한 놈들은 아니었다.

오히려 조무래기에 가깝다고나 할까.

그래서 남궁혁도 팽천룡도 은태림도, 심지어 나태영마저 근처에서 느껴지는 놈들의 기척에 별 신경 쓰지 않고 식사를 하고 있던 것이다.

나태영은 공동의 무복을, 팽천룡은 팽가의 무복을 입고 있었으니까.

웬만큼 눈치가 있는 놈이라면 그들이 무림맹 비무 대회를 마치고 나온 대문파의 사람들이라는 걸 알았을 텐데.

그것도 전혀 모르고 화살을 날린 걸 보니 이 동네에 초행이거나 무림에 대해서 전혀 모르는 놈들이 분명했다.

"저놈들을 어쩌지?"

"무공을 익힌 흔적이 없는데. 칼만 들었다 뿐이지 민간인 아냐?"

"귀찮군."

아무리 화살을 날렸대도 상대가 무공도 거의 익히지 않은 놈들이라면 검을 뽑기가 애매했다.

간단하게 제압하고 떠나? 아니면 밥을 날린 값은 치르라고 해?

아니지, 객잔에서도 맛보기 어려운 음식을 엎게 만들었는데 속고쟁이에 숨긴 동전 한 닢까지 탈탈 털어 버려?

남궁혁들이 그런 고민을 하는 사이, 산적들 중 하나가 눈을 휘둥그레 뜨고 두목의 소매를 잡아끌었다.

"자, 잠깐만 두목! 저 사람은!"

아. 드디어 대문파의 복색을 알아보는 놈이 있나?

그러면 얘기가 좀 수월히 될 것 같았다.

무인이라고 아무 때나 칼 뽑아서 휘두르는 건 아니니까.

"왜. 누구 위험한 사람 있냐?"

"저기 아주 평범하게 생긴 놈 말입니다. 그놈입니다!"

"그 놈?"

"남궁장인가의 남궁혁이요! 우리가 개 패듯이 맞고 쫓겨났던 섬서의 그놈 말입니다!"

"뭐? 히이익!"

공동파도, 하북 팽가도 알아보지 못한 놈들이 남궁혁의 그 흔하디흔한 얼굴을 보고 기겁을 하며 뒷걸음질을 치기 시작했다.

의외의 상황에 남궁혁이 눈을 껌뻑였다.

"뭐지. 내 이름이 여기까지 퍼졌나?"

"섬서 산적들에게 남궁혁 하면 유명하지."

소문 하면 모르는 것이 없는 은태림이 거들었다.

흐음, 한번 내게 혼났던 놈들이라 이거지?

남궁혁이 검면으로 손바닥을 툭툭 치면서 앞으로 나섰다.

마치 말썽 피운 학생들을 혼내러 나오는 훈장 같은 모습이었다.

그 모습이 마치 악귀의 그것처럼 보이는지 산적들은 열댓 명 모두가 덜덜 떨면서 움직이지도 못했다.

대체 얼마나 심하게 쫓아 버린 거야? 지켜보던 은태림이 뒤에서 중얼거렸다.

"평소 같았으면 적당히 물러나는 거 보고 저도 봐 드렸을 텐데. 여기는 우리 동네도 아니고, 저도 요새는 일이 많아서 많이 귀찮거든요. 일에도 중요도라는 게 있으니까."

"봐, 봐주신다는 겁니까? 저희 그러면 저 멀리 어디 산간으로 가서 농사나 짓고 살겠습니다요. 아이고 어르신!"

한참이나 어린 남궁혁에게 산적 두목이 털썩 무릎을 꿇었다.

이어서 산적들이 전부 무릎을 꿇고 어르신 소리를 연창했다. 누가 보면 신흥 종교 집단인 줄 알 거다.

"근데, 제가 섬서 지역 산적 토벌할 때도 규칙이 하나 있었어요."

"어, 어떤 규칙 말입니까……?"

"밥 먹을 때는 산적도 안 건드린다는 규칙!"

남궁혁이 일부러 내공을 담아 한 걸음을 쾅 내디뎠다.

발이 닿은 지점에 큰 구멍이 파이고 지축이 울렸다.

언덕 위에 있던 산적들은 벌벌 떨며 무기를 떨어트리곤 무릎을 꿇었다. 그러곤 양손을 불이 나라 비벼 댔다.

"사, 살려만 주십시오. 뭐든 다 드리겠습니다!"

"뭐든지?"

"예! 산채 기둥뿌리라도 뽑아 드리겠습니다!"

아침으로 먹은 피죽까지 토해 낼 기세였지만, 호피는커녕 털가죽 하나 못 걸친 산적들 산채에 있으면 뭐가 있겠나.

남궁혁이 원한 건 그들의 쉰내 나는 돈 한두 푼이 아니었다. 그는 뒤를 돌아보며 나태영을 불렀다.

"태영! 아까 그 만두에 뭐뭐 들어갔어?"

"네?"

"재료 말이야. 무슨 재료 필요해?"

"아, 그게…… 표고버섯이랑, 능이버섯이랑, 냉이랑, 말린 육포하고……."

순식간에 나태영의 입에서 약 사십 가지의 주재료와 부재료의 이름이 줄줄이 쏟아져 나왔다.

그 모습을 은태림이 신기하다는 듯 쳐다보았다.

저게 정말 무공서도 하나 제대로 못 외운다는 그 공동의 부진아 맞아?

아무래도 재능을 가진 사람이 전혀 잘못된 길로 빠진 것 같았다.

나태영이 재료를 읊자 남궁혁이 양 허리에 손을 얹고 산적들을 바라보았다.

"자, 들었죠? 여러분 덕분에 맛있는 식사를 땅에 엎어 버렸으니까 그 재료를 구해다 줘야겠어요."

"버섯 같은 걸 말입니까?"

남궁혁이 고개를 끄덕였다.

"한 시진 내로 이 산을 뒤엎어서라도 다 가져와요. 내가 누군지 알죠? 도망치는 사람은 진짜 산적 때려잡듯이 잡을 거니까 혹시라도 뛸 생각 말고."

"아, 알겠습니다!"

두목이 연신 고개를 조아렸다. 그때, 멀리 서 있던 산적 중 하나가 바닥에 떨어져 있던 칼을 꽉 잡았다.

자존심이 상했다. 아무리 자신들이 한낱 산적 나부랭이라지만 저렇게 어린놈한테, 한 번도 아니고 두 번이나 고개를 숙여야 한다니!

"에잇!"

산적이 빠르게 달려 나가 칼을 휘둘렀다. 죽을 때 죽더라도 칼이나 한 번 휘둘러보겠다는 심산이었다.

보법을 익힌 것도 아닌 뜀박질. 남궁혁과 나머지의 눈에는 빤히 보이는 공격이었다.

캉!

조악한 칼이 잘 만들어진 검과 부딪쳤다.

나태영이었다. 산적이 그들 중 그래도 제일 어리고 유약해 보이는, 공동의 무복만 아니면 무인으로 보이지도 않는 그에게 칼을 들이댄 것이다.

'잘 싸우는데?'

나태영의 검은 깔끔했다. 변칙적인 살초 위주의 검은 물 흐르듯이 흘렀다.

천재적이라고 할 수는 없지만 성실하게 수련을 해오지 않았다면 절대 나올 수 없는 움직임이었다.

푸욱―!

몇 합 나누지 않은 채, 나태영의 검이 산적의 어깨를 살짝 찔렀다. 정확하게 혈을 짚어 산적은 팔을 움직이지도 못했다.

"더 반항하실 분 계신가요?"

남궁혁이 자애로운 미소를 띠며 산적들을 돌아보았다.

모두들 눈 깜짝할 사이에 끝난 승부에 고개를 도리질 쳤다.

나태영이 검을 뽑으며 놓아주자, 어깨를 찔린 산적부터 모두가 남궁혁이 말한 재료들을 찾기 위해 산으로 달음박질 쳤다.

엎어진 만두를 치우고 간단하게 자리를 정리한 뒤 앉은 그들은 모두들 나태영을 빤히 바라보았다.

"저…… 왜 그렇게 보세요?"

그는 영문을 몰라 불안하게 눈을 굴렸다. 그나마 좀 부드럽게 얘기할 줄 아는 남궁혁이 나섰다.

"이런 걸 물어보는 게 실례일지도 모르겠지만, 정말 궁금해서 그러는데 말이야."

"아, 네."

"대체 왜 공동파 내에서 따돌림을 당하는 거야?"

이런 질문을 대놓고 들을 줄은 몰랐는지, 나태영이 숨을 헉 집어삼켰다.

"무림 문파 내에서 무공 약한 사람이 따돌림을 당한단 얘기는 들어 봐서 나는 너도 그런 유형인 줄 알았거든. 근데 아까 싸우는 걸 보니까, 상대가 평범한 산적이긴 했지만 둔재의 움직임은 아니었다고."

"게다가 요리도 잘하고. 사형이 시킨 일이라면 얼토당토않은 일도 하고. 아, 물론 이건 괴롭힘 당하는 제자들의 전형적인 특징이긴 하지. 너무 착해서 바보짓 하는 거."

"뭔가 이유가 있는 건가."

세 사람이 연속으로 물어보자 나태영의 그 토끼 같은 땡그란 눈에 살짝 눈물이 고였다.

만난 지 고작 하루밖에 안 됐는데 너무 다짜고짜 물어봤나?

남궁혁이 대답을 못 하는 나태영을 보며 머쓱하니 뒷목을 긁었다.

"죄송합니다. 그건 사문의 일과도 관계가 있어서 말씀 못드릴 거 같아요."

나온 대답은 예상 외였다. 공동파 내부의 일? 사부들 간알력 문제인가?

궁금하긴 했지만 문파의 이름을 거론하니 더 묻는 건 예의가 아니었다.

대신 그들은 적당히 화제를 돌렸다.

"요리에 엄청 소질 있는 거 같던데, 숙수가 될 생각은 해본 적 없어?"

나태영이 방금 괜찮은 무공 실력을 선보이긴 했지만, 어디까지나 산적을 상대로 했을 때 얘기였다.

근면 성실함이 느껴졌지만 딱 거기까지인 무공이랄까.

반면 아까 나태영이 보여 준 요리 실력은 고급 요리에 길들여져 있는 은태림이나 팽천룡까지 만족시켰다.

고작 만두 정도에 웬 감탄이냐 싶겠지만, 요리를 좀 해 본 사람은 안다. 만두라는 음식이 얼마나 맛을 내기 까다로운 녀석인지.

이쯤 되면 거의 천직 수준이 아닌가 싶은데.

"그, 글쎄요. 요리로 이렇게 칭찬받아 본 건 처음이고…… 어릴 때부터 공동파에 들어가 무공을 익혔거든요. 그래서 전혀 생각해 본 적이 없었어요."

"그렇구나."

"무공도 별로 재능은 없었지만 아버지가 공동파 속가 출신이셔서 형이랑 같이 들어갔고……."

"저런. 시간만 좀 있었다면 이 재능을 꽃피울 수도 있었을 텐데."

남궁혁이 안타깝다는 듯 중얼거리자 팽천룡이 고개를 저었다.

"그건 네가 대장장이 출신이니까 하는 말이다. 무가에서는 무인의 길을 걷지 않는다는 걸 수치스럽게 생각하는 사람이 많으니까."

"그래?"

"맞아요. 검에 재능이 없어서 몇 번이고 그만두려고 했지만 아버지가 용납하지 않으셔서……."

나태영이 고개를 숙였다. 남궁혁이 뒷목을 긁었다. 화제를 돌려 보려다가 긁어 부스럼을 만들었네.

"생각보다 많이 일어나는 일이지. 재능만으로 뽑혀 가는 경우도 있지만 인맥으로 대문파에 집어넣는 경우도 많으니까. 혁이 네 경우가 운이 좋은 거야."

"그거야 그렇지."

운이라고 한다면 삶을 두 번 사는 것 이상의 운도 없을 테니까.

남궁혁은 더 이상 말하지 않았다. 괜히 나태영만 속상하게 만들 거 같아서.

쉬게 된 김에 앞으로의 계획에 대해 얘기를 나누다 보니 한 시진이 훌쩍 지났다.

이윽고 시간이 되자 저 멀리서 헐레벌떡 뛰어오는 산적들의 모습이 보였다.

한 시진 동안 열심히 쑤시고 다녔는지, 녀석들은 품이며 망태기에 나태영이 말한 재료들을 가득 담아 왔다.

버섯이나 나물 같은 것도 있었고, 산채에 콕 박아 놓고 아껴 놓은 게 분명한 육포나 말린 토끼 고기 같은 것도 있었다.

남궁혁은 산적들이 눈앞에 늘어놓은 재료들을 뒷짐 지고 쓰윽 눈으로 훑었다.

"흠, 좀 모자란 거 같은데."

모자라? 이게?

산처럼 쌓인 재료들 앞에서 산적들이 입을 쩌억 벌렸다.
은태림마저도 자기 눈이 잘못된 건가 의심했다.

나태영이 앞으로 나서며 말했다.

"아뇨, 이 정도면 충분한···."

"아냐. 모자라. 자자, 한 번 더 실시!"

"또?"

"한 번 더?"

산적들의 입에서 경악이 터져 나왔지만 별수 있나.

남궁혁이 눈을 부라리자 마치 반복 달리기를 하듯 산적
들이 다시 꽁지 빠지게 산속으로 달려갔다.

목숨을 살려 줬으니 이 정도는 해야지.

거기에 밥까지 날렸으니 한 번 고생 시키는 것 가지곤 어
림도 없었다.

깊은 산 속에 때 아닌 달리기 소리가 울렸다.

산적들은 숨을 헉헉대면서도 눈을 부라리며 어둠에 잠긴
산속에서 남궁혁이 주문한 나물들을 찾았다.

"여기 하나 찾았다!"

산적 두목이 걸걸한 목소리로 외쳤다. 고사리가 군락을
이루고 있었다.

부하들이 이쪽으로 두다다 달려와 고사리를 맨 손으로
캐기 시작했다.

그중 한 명이 고사리를 벅벅 뜯다가 허리를 일으켰다. 그러곤 고사리 한 움큼을 바닥에 내팽개쳤다.

"젠장, 우리가 왜 이 고생을!"

"야, 인마! 아깝게!"

"두목, 우리 도망칩시다. 할 만큼 했잖아요? 산채까지 탈탈 털어다 바쳤다고요!"

부하 한 놈의 말에 두목이 눈을 부라렸다.

"도망쳐? 녀석이 누군지 알잖아! 그때 우리를 쫓아낸 걸로도 모자라서 여기까지 쫓아온 게 틀림없다고! 지금도 우리를 감시하고 있을 거야. 놈은 무공 고수잖아."

얌전히 나태영이 지을 새 밥을 기다리고 있는 남궁혁이 들었다면 억울할 소리였다.

쫓아오긴 누가 쫓아왔단 말인가. 자기들이 얌전히 밥 먹는 사람 방해해 놓고.

거기다가 이 녀석들이 시킨 일 잘 하고 있나 일일이 쫓아다닐 정도는 아니었다.

어쨌든 놈들은 남궁혁이 근처에 있다고 믿는 건지, 나뭇잎 흔들리는 소리에도 흠칫 놀라며 목소리를 죽였다.

"게다가 어떻게 또 집을 떠난단 말이냐? 섬서를 떠나고 일 년을 떠돌다가 겨우 정착한 산인데. 집을 버리고 떠나는 건 악덕 지주들에게 치여 떠난 그때 이후로 안 하기로 했잖아."

"크흑……."

두목의 말에 고사리를 뜯던 산적들의 손이 떨렸다.

그들도 원래부터 산적은 아니었다. 그럴 수만 있다면 마을에서 소작이나 부치고 살고 싶었던 이들이 대다수였다.

지금은 신세가 꼬여 고수에게 당해 집 없이 떠돌다가 고사리나 뜯는 신세가 되어 버렸지만.

"젠장, 두목 맘대로 하쇼. 난 못하겠으니까. 에잇!"

한 놈이 벌떡 일어서서는 저쪽으로 성큼성큼 걸어가 버렸다.

그에 동감하는 놈들이 꽤 있었는지 몇 놈이 더 자리에서 일어나서 슬금슬금 놈을 따라가기 시작했다.

"저 녀석들이……!"

"나무거죽도 벗겨먹을 힘도 없던 놈들을 두목이 거둬 줬는데 은혜도 모르고!"

남아 있던 이들이 놈들을 쫓아가려 하자 두목이 그들을 제지했다.

"냅둬라. 그럴 만하지."

"그치만……."

"이런 두목이라 미안하다. 어서 또 화를 입기 전에 산채나 캐 가자."

남은 산적들은 두목의 말에 다시 허리를 숙이고 산채를

캐기 시작했다.

왠지 모르게 눈물이 삐져나오려는 걸 꾸역꾸역 참으며, 그들은 다시 밤중의 산을 쏘다니기 시작했다.

남궁혁과 친구들은 산적들이 또 뜯어올 재료들을 기다리면서 노숙을 준비했다.

나태영은 신선한 재료를 가지고 다시 저녁을 짓기 시작했다.

이번에는 온갖 재료를 풍덩풍덩 넣어 끓인 국이었다.

어차피 산적들이 뜯어온 재료를 다 들고 가진 못하니까 나태영은 그야말로 아낌없이 건더기를 쏟아 부었다.

봇짐 안에 남아 있던 만두까지 넣어 철과가 넘칠 듯 국이 완성되자 이번에야말로 네 사람은 느긋하게 식사를 즐겼다.

먹다 먹다 못해 음식이 반쯤 남았을 때, 저 멀리서 지친 발소리들이 터덕터덕 들려 왔다.

또 산을 헤매느라 땀에 절어 돌아온 산적들이었다.

남궁혁은 토끼 다리를 쪽쪽 빨면서 그들에게 시선을 돌렸다.

잔뜩 지치고 힘이 쪽 빠진 걸음걸이. 비굴함과 그런 자신에 대한 한심함, 슬픔 등이 가득한 얼굴.

처음과는 달리 해질 무렵이라 어두운 산길을 쏘다니기는

더 힘들었으리라.

'숫자가 좀 줄었네? 처음에는 열댓 명 정도였는데.'

남궁혁은 도망친 인원을 눈으로 가늠하며 뼈다귀를 휙 내던졌다.

"소협, 이 산에 남은 건 이것뿐입니다."

산적 두목이 털썩 무릎을 꿇으면서 양 손에 쥔 산채를 머리 높이 들어 올렸다.

"부디 이걸로 봐주십시오. 제발……."

그래도 일반인들한테는 소리깨나 치고 다녔을 두목의 목소리에는 물기가 배어 있었다.

"이쯤하고 봐주지 그래?"

"그만하면 됐다. 강자로서 아량을 베풀어라."

팔짱을 낀 채 그들을 가만 바라보고 있는 남궁혁을 보며 은태림과 팽천룡이 한 마디씩 거들었다.

분수를 모르고 덤벼든 놈들이긴 하지만 저렇게 쭈그리고 있으니 불쌍하게 느껴졌다.

나이도 아버지뻘인 데다가 산적치고는 순박한 인상도 안쓰러움에 한몫했다.

게다가 아무리 산적이라지만 남을 괴롭히는 건 남궁혁의 성정과도 안 어울리는 거 같은데, 왜 저러는 걸까?

산적들을 빤히 보고 있던 남궁혁이 나태영을 불렀다.

"태영! 음식 아직 많이 남아 있지?"

"아, 네!"

나태영이 덮어 두었던 철과의 뚜껑을 열었다. 맛좋은 음식들은 아직도 한가득 남아 있었다.

입가에 침이 고일 정도로 맛있는 냄새가 풍겨 오자 허기진 산적들의 시선이 자연스럽게 음식으로 향했다.

남궁혁이 그쪽으로 손짓을 했다.

"자, 다들 한밤중에 산속을 쏘다니느라 고생했을 텐데 식사 좀 하세요."

"예?"

"밥 먹으라고요. 우리가 다 먹기엔 너무 많아서."

산적 두목은 남궁혁이 또 그들을 골리려고 하는 건 아닌가 의심스러운 얼굴을 했다. 하지만 농담은 아닌 거 같았다.

그리고 진짜 배가 고팠다. 자신뿐 아니라 끝까지 함께 산을 쏘다닌 부하들도 배가 고프리라.

"아, 네. 알겠습니다."

두목이 먼저 슬금슬금 철과 옆으로 가 앉자 다른 산적들도 남궁혁의 눈치를 보며 자리에 앉았다.

나태영이 식사 전 넉넉하게 만들어 둔 젓가락을 건네주자 산적들은 모여 앉아 알아서 식사를 하기 시작했다.

"후하—!"

"마, 맛있다―!"

"너무 맛있어…… 흑…….."

만둣국인지 잡탕인지 모를 것을 입에 넣으면서도 산적들은 연신 감탄을 내뱉기 바빴다.

시장이 반찬이란 말도 있으니 뭘 먹어도 맛있겠다만, 갖은 재료로 나태영이 한껏 솜씨를 부린 걸 먹으니 그 감동이 더할 터.

그 사이로 남궁혁이 끼어들었다.

"맛있어요?"

"예, 예! 정말 맛있습니다!"

"최곱니다!"

"만든 건 저 친구니까 인사는 저쪽에 해요."

산적들이 나태영을 향해 고개를 꾸벅 숙였다. 머쓱한 기분에 나태영이 뒷목을 긁었다.

남궁혁은 게걸스럽게 밥을 먹는 산적들을 빤히 보면서 또 물었다.

"산적질 하고 살면 먹고 살 만해요?"

빤한 질문이었다. 그들이 가져온 것들을 직접 보지 않았나. 겨우 먹고 살 수준은 되려나.

과연, 입 안 가득 음식을 집어넣었던 산적들이 우울한 얼굴로 고개를 가로저었다.

"당연히 그렇겠죠. 보나 마나 산채도 얼기설기 지어서 비 오면 빗물 뚝뚝 떨어지고, 맑은 날에는 날아가는 새똥 떨어지고, 자다가 벌레 기어들어오고 딱 그 짝이겠네요. 수입도 변변찮으니 혼인해 줄 여자도 없겠고, 산적 수입으로 부모 부양이야 당연히 못할 거고. 부모님 얼굴 마지막으로 본 지 얼마나 됐어요?"

홀쩍, 홀쩍. 산적들 중에서 누군가가 눈물을 짜기 시작했다.

두목이 쪽팔린지 눈물을 그치라고 쓰읍─, 소리를 내며 인상을 썼지만, 이내 모두가 목이 메여 밥을 제대로 먹지 못하는 상황이 되어 버렸다.

"대체 그런 건 왜 물어보십니까? 먹던 밥 체하게."

산적 두목이 원망스럽다는 듯 남궁혁을 슬쩍 째려보았지만 그도 눈가가 촉촉해져 있었다.

"그러지 말고 어디 가서 정착해 살 생각은 없어요?"

"정착하면 좋지만 갈 데가 어디 있습니까. 할 줄 아는 것도 없고, 우리 같은 놈들에게 소작 줄 데도 없고요."

두목의 어깨가 축 늘어졌다. 남궁혁의 의도를 눈치챈 은태림이 쓱 다가와 두목의 어깨에 팔을 처억 둘렀다.

"거 소문 느린 산적들이네. 요새는 산적질을 해도 정보가 필수인 세상인데."

"그러게 말이야. 섬서 땅에 소작료도 많이 안 받고 조건 없이 땅 주는 지주도 있는데."

산적들의 동공이 커졌다. 대체 왜 이런 얘기를 하는지 아직도 영문을 모르겠다는 놈이 반이고, 눈치를 좀 챈 놈이 반이었다.

여기까지 얘기해도 대뜸 미끼를 안 무는 거 보면 진짜 귀가 어둡긴 어두웠던 놈들이 분명했다.

"이번에 우리 총관이 또 땅을 매입해서 소작할 사람이 부족하다는데, 여러분 밥 다 먹고 섬서로 가 보지 않을래요?"

"섬서……로요? 다시?"

"집에 가고 싶지 않아요? 내가 추천서 한 장 써 주면 일 년간은 소작료도 안 받을 텐데."

집.

그 말에 어떤 놈은 젓가락도 툭 떨어트렸다.

여우도 죽을 땐 고향이 있는 방향을 보면서 죽는다는데.

그들이라고 집에 돌아가고 싶지 않겠는가.

아마 하나하나 붙들고 들어보면 밤이 새도록 사연이 넘치고 넘칠 터였다.

"가, 가고 싶습니다."

"저도요!"

"땅만 주신다면 몸이 부서져라 일하겠습니다요!"

철과 앞에 둥그렇게 몰려 있던 산적들이 순식간에 무릎걸음으로 남궁혁 앞에 기어와서 머리를 조아렸다.

남궁혁은 빙긋 웃고는 나태영에게 손짓했다.

"거기 내 봇짐에 붓하고 종이 좀. 휴대용 먹 하고."

"앗, 넵!"

나태영이 후다닥 달려가 남궁혁의 짐에서 물건들을 꺼냈다.

긴 글은 필요 없었다. 남궁혁의 수결이 찍힌 편지라면 민도영이 알아서 그의 의중을 파악하고 일을 처리해 줄 것이다.

"자, 여기 있어요. 이거 들고 남궁장인가로 가면 돼요. 가다가 딴마음 먹지 말고."

"그럴 리가 있겠습니까!"

"가, 감사합니다!"

이게 웬 횡재인가. 어떤 놈은 이 상황이 믿기지 않는지 제 뺨을 꼬집었다.

옛날에 호되게 혼났던 놈을 또 만나서 이번엔 정말 죽었구나 싶었는데, 산을 두 바퀴 뺑뺑 돌고 오니 땅을 주겠다니!

어딜 가서 얘길 해도 믿지 않을 것 같은 얘기였다.

어느새 녀석들은 그릇을 싹싹 비우고는, 당장 산채의 짐을 비워 섬서로 가야겠다며 자리에서 일어섰다.

산으로 들어가기 전 남궁혁과 식사를 차려 준 나태영을

향해 연신 허리를 숙이는 것은 물론이었다.

나태영은 얼떨떨한 얼굴로 빈 그릇들을 정리하기 시작했다.

은태림과 팽천룡은 언제 그런 일이 있었냐는 듯 개의치 않는 얼굴이었지만 그는 좀 달랐다.

산적이라면 응당 잡아서 혼쭐을 내줘야 할 존재들이 아니던가?

그는 그렇게 배웠다. 게다가 놈들이 강한 것도 아니고, 나태영 혼자서도 얼추 제압할 수 있는 수준이었다.

그렇게 약한 주제에 칼을 들었다고 지나가는 행인들을 습격하는 나쁜 놈들은 목을 베어도 할 말이 없을 텐데.

남궁혁은 왜 그들에게 가벼운 벌만 주고 추천장까지 써서 보낸 걸까.

정말 이해할 수 없었다.

“이해하기 힘들다는 얼굴이네.”

남궁혁이 그새 다가와 정리를 도우며 입을 열었다.

표정을 읽혔다는 생각에 나태영이 우물쭈물하고 있자, 남궁혁이 어깨를 으쓱였다.

“녀석들 칼 말이야. 피 냄새가 안 났어. 날도 거의 안 상했고.”

“그 잠깐 사이에 그런 걸 보셨어요?”

"직업병이야. 누굴 보든 무기부터 먼저 보이거든."

남궁혁의 말이 나태영에게는 어쩐지 공감이 갔다. 그도 남들을 보면 식사할 때 버릇이나 음식 취향 같은 걸 기억하곤 하니까.

"그냥 산적 녀석들이면 안 봐줬을 텐데, 원래 우리 동네 살던 놈들이라니까 마음이 좀 약해져서. 그래서 시험 좀 해 봤지."

"그래서 두 번이나 산을 돌게 시키신 거군요?"

"응. 그래도 우리 동네로 다시 보내려면 근성이 좀 있는 녀석들이어야 할 거 아니야. 약속한 건 지키는 녀석들이어 야 땅 빌려주는 맛도 있지."

"남궁 소협은 진짜 신기한 분이네요."

"신기하긴. 척 봐도 산적 할 녀석들이 아닌데 소작 짓던 땅에서 쫓겨난 티가 풀풀 나서 그런 거뿐이야."

"그치만 힘이 없어서 쫓겨난 건 자기들 탓이잖아요."

"응?"

남궁혁이 눈을 동그랗게 뜨고 나태영을 바라보았다.

자신이 뭘 잘못 말했나? 나태영이 침을 꼴깍 삼켰다.

"흐음, 그러니까 지금 네 말은, 약한 게 나쁜 거다?"

"마, 말하자면 그렇죠."

사문에서도 그렇게 배웠다. 약한 게 나쁘다고.

사형과 사저들은 늘 그렇게 말했다. 노력해서 무공 실력을 키우면 되는데 안 되는 걸 보니 심성이 글러먹은 거라고. 노력이 부족한 거라고. 그러니까 당해도 싸다고.

뭔가 이상하다고 느낄 때도 있었지만 현실이 그랬다.

나태영이 속해 있는 곳은 무림 문파였고, 그곳은 힘이 전부인 세상이었으니까.

어두워지는 그의 얼굴을 보며 남궁혁이 턱을 괴었다.

"약한 게 나쁘다라. 천룡, 태림. 너희는 어떻게 생각해?"

"힘의 강약으로 선악을 결정할 수는 없지만 그의 말이 일견 옳다고 생각한다."

팽천룡이 답했다.

"난 보류. 딱히 생각해 본 적 없는데."

은태림은 남궁혁이 뭘 말하는지 듣고 싶다는 듯 제 순서를 넘겼다.

"그렇게 묻는 걸 보니 다르게 생각하나 보군."

"어느 정도는. 천룡, 너는 날 때부터 무인이니까 그렇게 생각하는 게 당연해. 하지만 나는 무인이기 전에 대장장이야."

남궁혁이 적당한 데 걸터앉았다. 나태영도 정리를 마치고 자리에 앉았다.

지금 남궁혁은 팽천룡이 아니라 자신에게 뭔가를 말하려고 하는 거 같았다.

"내가 만드는 무기들은 누군가를 더 강하게 만들어 주지. 하지만 그게 악인의 손에 들어갔을 때 나는 아무것도 할 수가 없어."

남궁혁이 고개를 들어 밤하늘에 빛나는 별들을 바라보았다.

이전 삶의 기억.

자신이 만든 검이 사파 무인의 손에 들어가 혈겁을 일으켜 몇 날 며칠을 악몽에 시달렸던 때.

남궁혁은 망치를 놓을까도 고민했었다.

옳지 못한 자에게 제 무기가 돌아갈 바에야 차라리 만들지 않는 게 나을 테니까.

"강한 것이 좋고 옳기만 한 것이라면 나는 그저 강자라면 누구에게나 무기를 만들어 줘야겠지. 그게 정파든 사파든 마교든 말이야."

"지나친 말이다."

"지나치지 않아."

팽천룡의 말을 남궁혁이 딱 잘랐다.

"힘을 부정할 생각은 없어. 나도 남들보다 강하기 때문에 여기까지 온 거니까."

"그렇다면 뭐 하러 고민을 하는 거지?"

"힘을 가졌기 때문에 고민을 하고, 생각을 하는 거지."

팽천룡은 이해할 수 없다는 표정을 지어 보였다.

힘을 갖기 위해 고민하고 생각해 본 적은 있다. 그러나 힘을 가졌기 때문에 고민을 해 본 적은 없었다.

더 강해지기 위해 수련을 하고 노력하는 것만으로도 시간은 부족했으니까.

그러나 간혹 문파의 어른들도 남궁혁과 비슷한 얘기를 하곤 했다.

이해가 안 된다는 표정으로 앉아 있으면, 네가 아직 세상을 다 겪지 못해서 그런 것이라며 훗날 너도 같은 고민을 하게 될 거라고 얘기했다.

자신보다도 어린 남궁혁이 어른들과 같은 생각을 하고 있다는 건가?

"예를 좀 들어 봐. 그냥 그렇게 얘기하면 뜬구름 잡는 거 같잖아."

은태림이 끼어들었다. 그는 아닌 밤중에 벌어진 힘에 대한 토론이 즐거운 눈치였다.

"생각해 봐. 태림 너도 전장에 돈이 있으면 그 돈을 어떻게 쓸까 고민하잖아? 그런데 힘을 어떻게 쓸지 고민을 안 한다는 게 말이 돼?"

"그건 그렇지. 돈도 일종의 힘이니까. 돈을 막 쓰면 패가망신하기 딱 좋은 것처럼."

"그래. 돈도 힘이지. 돈이 없다고 나쁜 사람이라는 법도 없고, 돈이 있다고 무조건 좋은 사람이라는 법도 없지. 오히려 돈이 있으면 더 패악을 부리는 사람들도 많고, 그런 사람들 때문에 아까 그런 산적들이 생겨나는 거잖아. 그러면 힘을 가진 쪽이 무조건 옳은 건가?"

남궁혁의 말에 팽천룡은 마치 어려운 숙제를 받은 어린아이처럼 골몰했다.

어릴 때야 힘을 어떻게 얻을 것인지, 그 방법에나 골몰하면 된다.

그치만 힘을 얻고 나면, 그걸 어떻게 써야 하는지 고민해야 한다.

그게 바로 정과 사를 가르고, 사람의 본성을 결정하고, 한층 더 높은 무리로 가는 길이 된다.

"천룡. 너도 소가주로서 느끼는 바겠지만, 우리의 생각 하나, 말 하나에 가문 사람들의 명운이 달려 있어. 당장 내가 마음을 잘못 먹어서 소작료를 대폭 올리기라도 하면 우리 마을에 누군가는 배를 곯을 거야. 우리야 며칠쯤은 벽곡단으로 버틸 수 있지만 평범한 사람들은 그렇지 못해. 내가 지나갈 때마다 웃어 주고, 별것 아닌 콩 볶은 거라도 한 줌 쥐여 주려고 하는 사람들이 말이야. 그 돈으로 내가 뭔가 다른 엄청난 걸 할 수도 있겠지만 그만큼 뭔가를 잃는 거지."

의도한 건 아니었지만, 남궁혁은 지금 한 번의 생을 더 살았던 인생의 선배로서 그들에게 영원히 고민해야 할 난제를 던져 주고 있었다.

"힘을 가진다는 건 결국 주체적으로 선택을 할 수 있게 되는 것뿐이야. 그러면 어떤 선택을 해야 할지 고민해야 하지. 그렇지 않아?"

팽천룡은 팔짱을 끼고 고민하다가 결국 답을 내리지 못하고 입을 열었다.

"너는 정말 특이하군."

아직 젊은 그가 결정을 내리기에는 너무 심오한 얘기일지도 모른다.

반면 은태림은 고개를 끄덕였다.

"나도 혁이 생각에 동의해. 힘을 갖고 살다 보면 어쩔 수 없이 옳지 않은 일에 손을 대게 될 때도 있으니까. 힘을 기르는 목적이 옳으냐 옳지 않으냐가 마음을 다잡는 힘이 되지. 전장이라는 건 생각보다 더러운 일이 많거든."

역시 단순히 무공을 익히는 것에 방점을 두는 무가와 달리 전장의 후계자라 그런가.

그는 남궁혁이 무슨 말을 하는지 대충 알아들은 눈치였다.

"그치만 하나 확실한 건, 옳은 것이든 그른 것이든 자신이 주장하는 바대로 세상을 바꾸려면 힘을 가져야 한다는 거지."

"옳은 말이야."

결국 모든 것이 돌고 돈다.

힘을 가지면 선택을 할 수 있고, 선택을 하기 위해서는 생각을 해야 한다.

반대로 선택을 하기 위해서는 힘이 필요하다.

산다는 것은 대체로 이런 연결 고리 위를 끝없이 걷고 또 걷는 것이다.

"자아, 그래서. 이번엔 태영이 너한테 물을게. 약한 너는 나빠?"

"……예?"

갑자기 대화의 방향이 자신에게로 향하자 나태영이 깜짝 놀랐다.

하지만 남궁혁의 눈빛은 그를 탓하는 것이 전혀 아니었다.

오히려 다정하고 따뜻하게까지 느껴졌다. 마치 잊고 있었던 아버지의 따스함처럼.

"동기보다 무공이 좀 뒤떨어진다고 해서 사형이 시킨 어처구니없는 일도 해야 해? 너희 사형과 사저들은 약하다는 이유로 같은 동문인 너를 따돌려도 돼?"

연달아 이어지는 질문. 주변의 공기가 고요하게 가라앉았다.

나태영은 말을 더듬거렸다. 이 사람은 왜 자신에게 이런 걸 묻는 걸까? 만난 지 얼마 되지도 않았는데. 아는 것도 별로 없는데.

　설마 이것도 일종의 괴롭힘일까? 오늘 지각해서, 아니면 형인 나태량이 남궁혁의 약점을 캐 오라는 사실을 알고 있어서?

　"난 그런 게 싫어. 재능은 없어도 노력하고, 그런 어처구니없는 일도 성실히 하는 바보가 무시까지 당하는 건 싫다고. 힘을 가진 사람들이 괴롭혀야 하는 건 그런 약한 사람들이 아니라 악한 사람들이잖아."

　나태영의 눈가가 축축이 젖어들었다.

　약한 것과 악한 것은 다르다. 약한 것은 나쁜 것이 아니다. 그 빤한 사실에 눈물이 났다.

　"그리고 넌 진짜 훌륭한 숙수가 될 거야. 내가 장담해. 그 검으로 세상 그 누구도 엄두를 내지 못하는 해남도의 해룡을 잡아서 요리하는 전설적인 황실 숙수가 될 거라고."

　남궁혁의 나태영의 어깨를 꽉 잡았다.

　이제야 겨우 기억이 났다.

　황궁 대숙수 나태영.

　이전 삶에서 그는 신기하게도 무림에까지 이름이 난 유명한 숙수였다.

무림맹에서는 그가 대숙수가 된 것을 축하하기 위해 남궁혁에게 명검에 준하는 식칼을 만들라고 지시했었다.

　왜 그런가 했더니 공동파의 제자였었구나.

　대체 어떤 계기로 이 소심한 녀석이 황궁의 대숙수까지 됐는지는 모르겠지만, 이번 생에도 녀석의 재능은 여전한 모양이었다.

　그리고 이런 식으로 자신과도 인연이 생기다니.

　"넌 진짜 잘 될 거야. 그러니까 자신을 가져."

　"가, 감사합니다."

　나태영이 고개를 꾸벅 숙였다.

　황실 숙수라고? 남궁혁의 말은 허황되기 짝이 없었지만, 신기하게도 그의 목소리에는 십 할의 확신이 깃들어 있었다.

　정말 그의 말대로 이루어질 것 같은 예언과도 같은 확신이.

　"그럼 난? 난 뭐가 될 거 같은데?"

　그 사이로 은태림이 끼어들었다.

　"으음, 넌……."

　은태림이라.

　남궁혁이 은태림의 얼굴을 빤히 바라보았다. 남자가 봐도 휘파람을 불 만큼 잘생긴 얼굴, 거기다 매화전장의 후계자.

　본인 머리도 제법 잘 굴러가고 처세도 잘 하는 거 같으니

이 셋 중에서는 가장 인생을 잘 살 것 같은 녀석이지만……

사실 이전 삶에서 은태림의 최후는 별로 좋지 않았다.

그의 나이가 서른 즈음이었나. 무한의 지부에 시찰을 나 갔던 그는 화산파와 은원을 가진 사파 무인의 손에 납치됐었다.

화산의 무인들이 서둘러 그를 구하러 갔지만 가지고 돌 아온 건 싸늘하게 식어 버린 시체뿐.

옥을 깎아 놓은 것 같았던 얼굴은 갈기갈기 찢어진 채라 는 소문이 섬서 북쪽까지 들려왔었다.

돈을 요구하지도 않고 엉망이 된 그 얼굴의 상태로 봐서, 사실 화산파와의 은원이 이유가 아니라 은태림에게 구애를 한 사파의 여고수가 앙심을 품은 것 아니냐는 소문이 아주 시끄러웠지.

그치만 나태영처럼 이 사실을 전부 얘기해 줄 순 없다.

이번 생에서 사귄 몇 안 되는 친구한테 그런 얘기를 해서 뭐 하겠는가?

예언도 아니고 이전 삶에서 일어났던 일에 불과한 것을.

남궁혁은 선의의 거짓말을 하기로 했다.

"태림 넌 나중에 매은각이라는 곳의 각주가 될 거야."

"그게 뭔데?"

남궁혁은 최대한 태연하게 말을 내뱉었다.

스스로도 이 얘기가 이전 삶에 있었던 은태림의 삶이라고 생각하면서.

자고로 남을 속이려면 나부터 속아야 한다고 하지 않나. 이 셋 중에 제일 눈치가 빠른 녀석이니까.

"은밀한 것을 파는 곳이라는 뜻이지. 너 소문 좋아하잖아. 온갖 소문을 모아서 파는 정보 단체의 수장이 될 거야. 물론, 표면적으로는 매화전장의 장주지."

"우와, 그거 멋있는데? 금력과 정보를 양손에 쥔다라. 은막의 권력자가 된다는 거지?"

갑자기 생각해 낸 거 치곤 그럴싸한 거짓말이었다.

내용이 좋아서인지 은태림은 남궁혁의 거짓말을 눈치채지 못한 듯했다.

오히려 아이처럼 좋아하며 싱글벙글했다.

'진짜 그렇게 됐으면 좋겠네.'

마교의 행보가 바뀌는 판에 은태림의 미래라고 바뀌지 말라는 법 있나. 물론 나태영은 그대로 잘됐으면 좋겠지만.

"그리고 넌 최고의 무인이 되지."

내친김에 남궁혁은 팽천룡의 미래까지도 점지해 주었다.

다 해 놓고 팽천룡만 빼놓으면 이상하니까.

물론 지금 말한 건 은태림처럼 거짓말을 한 것도 아니고, 이전 삶에서의 팽천룡의 위치를 그대로 말한 것뿐이지만.

이쪽의 얘기에 별 관심 없는 듯 앉아 있던 팽천룡이 무심한 얼굴로 남궁혁을 돌아보았다.

"천하 제일인이라도 되나?"

"정도 무림 안에서는."

"고작?"

그 말에 팽천룡이 살짝 발끈했다. 하긴, 정도 무림 내에서라는 말은 진짜 천하 제일인이 아니라는 뜻이니까.

정도 최고의 후기지수 소리를 듣는 팽천룡이 듣기에는 자존심 상하는 얘기일지도.

그치만 어쩔 수 없다고. 이전 삶의 네가 마교의 대공자라는 녀석에게 죽임을 당하는 바람에 정도 무림이 마교에게 속수무책으로 당했으니까.

남궁혁이 머쓱하게 뒷목을 긁었다.

나태영에게는 있는 그대로, 은태림에게는 전혀 다르게, 그리고 팽천룡에게는 일부의 사실만 가르쳐 주었다.

나태영이 좀 더 용기를 가지도록, 은태림이 끔찍한 최후를 맞지 않도록, 팽천룡이 좀 더 분발하도록.

방식은 달랐지만 전부 세 사람이 보다 잘 되기를 바라는 마음이 담긴 말들.

물론 팽천룡이 경우는 니가 잘해야 마교를 막을 수 있다는 생각도 섞여 있긴 하지만.

"기분 이상하네. 왠지 네가 말한 대로 될 거 같잖아."

은태림이 입을 삐죽거렸다. 아무리 좋은 얘기를 들어도 자신이 타인의 생각대로 움직이게 된다는 게 불쾌한 모양이었다.

남궁혁이 한숨을 내쉬었다. 좋게 말해 줘도 불만이라니. 원래대로 말했다면 한 대 맞았을지도.

"그러면 너는 무엇이 되나."

팽천룡이 물었다.

나? 한 번 삶을 살았던 덕에 미래에 일어날 많은 사실들을 알고 있지만, 유일하게 모르는 것.

내가 어떤 삶을 살게 될 것인가.

이전 삶에는 그냥 대장장이었다.

대장장이로서 솜씨가 좋아 무림맹까지 가긴 했지만, 마인의 칼질 한 번에 목숨을 잃을 정도로 하찮고, 평범하고, 별것 없는 그저 그런 사람.

지금 눈앞의 팽천룡이나 은태림, 심지어 나태영과도 친분을 나눌 거라고 생각할 수 없을 만큼 평범했던 녀석.

그랬던 자신이 새로운 삶을 얻으며, 새로운 미래를 얻었다.

남궁혁이 피식 웃었다.

"글쎄."

"뭐야, 돗자리라도 편 것처럼 굴더니."

"원래 중이 제 머리는 못 깎는 대잖아."

이 세상에 일어날 많은 사건과 많은 사연을 알고 있지만 정작 자신의 미래에 대해서는 모른다.

그것이 어쩌면 새로운 삶을 사는 가장 큰 기쁨일지도 모르지.

은태림은 슬슬 이 얘기가 지루해졌는지 다른 얘기를 꺼내기 시작했다.

자신이 가 본 온갖 지역의 맛있는 음식에 대한 얘기로, 나태영을 겨냥한 것이었다.

과연, 나태영은 눈을 반짝이며 은태림의 얘기를 듣기 시작했다.

얘기하기 좋아하는 녀석과 잘 듣는 녀석이라니. 좋은 조합이네.

찰랑, 물소리가 들려서 옆을 보니 팽천룡이 술이 든 것이 분명한 작은 호리병을 남궁혁에게 권하고 있었다.

이 녀석, 은근히 주당이라니까.

저 크지 않은 봇짐 안에 든 것이라곤 전부 술 밖에 없다는 데 남궁혁은 제 검을 걸어도 좋았다.

남궁혁은 팽천룡이 건넨 술을 받아 들었다.

병을 서로 들어 올리며 건배를 한 후 한 모금 마셔 보자 상당히 질 좋은 향과 맛이 입에 감돌았다.

"이 술 괜찮은데? 어디서 샀—"

"언젠가는 네 비밀을 들을 수 있기를 기대하지."

팽천룡의 말에 남궁혁은 말을 하다 말고 사레가 들려 켁켁거렸다.

아무리 생각해도 팽천룡은 남궁혁이 뭔가 비밀을 갖고 있다는 걸 눈치 챈 모양이었다.

당황스러운 기분에 남궁혁은 호리병의 술을 절반이나 꿀꺽꿀꺽 들이켰다.

두 번 생을 산다고 하면 이 녀석들이 과연 믿기나 할까?

기연이 넘치는 세상이니 그럴 수도 있다고 넘어갈지도 모르지만.

'언젠가는 듣기를 기대한다는 건, 그만큼 나랑 더 친하게 지내고 싶다는 얘기겠지?'

하여간 솔직하지 못한 녀석.

남궁혁은 피식 웃으며 다시 병을 들어 올렸다. 팽천룡이 무표정하게 제 병을 짠 하고 부딪쳤다.

무림맹에서 출발한 첫 날. 무림맹의 일로 함께하게 된 이들과의 여정이지만 생각보다 괜찮을지도 모르겠다.

＊　　　＊　　　＊

그날 이후, 남궁혁과 일행들은 상당히 순탄한 여정을 보냈다.

산적이나 수적을 만나지 않은 건 아니지만 그래도 그들은 나름 배운 도적들인지 팽가와 공동의 무복을 보곤 기척을 느끼기 무섭게 사라졌다.

그렇게 여행을 한 지 이레째. 그들은 산 중턱에 있는 한 마을에 들어섰다.

도시와 도시를 연결하는 길목도 아닌 외진 마을.

드나드는 사람이 얼마나 없으면 마을 입구에 하나쯤은 있는 작은 객잔조차 없었다. 사람이라고는 뛰어노는 아이들과 쟁기를 어깨에 짊어진 농군들뿐.

항주로 가기 바쁜 그들이 이곳에 들른 데는 다 이유가 있었다.

여기가 바로 일 차 목적지였기 때문이다.

"여긴가, 금진차가 꽤 오랫동안 머물렀다는 마을이?"

남궁혁이 중얼거리며 밭두렁을 걸었다.

비응각이 수집한 정보에 의하면 금진차는 항주로 가기 전 이 마을에 꽤 오래 있었단다.

이런 마을에 향응을 즐길 만한 게 있는 것도 아닐 테고 딱히 연고가 있는 것도 아닌데.

머무를 이유가 없는데도 삼 일이라는 꽤 긴 시간을 할애

했다는 건 이곳에 마교와 관련된 뭔가가 있지 않겠냐는 비응각의 추측이었다.

"이런 마을에 뭐가 있긴 있을까? 그냥 평범한 시골 마을인데."

은태림은 주변을 둘러보며 중얼거렸다.

남궁혁도 그의 말에 동의했다.

그가 알고 있기론 이 주변에 마교의 비밀 지부는 없다.

연락소 하나 정도는 있을 수도 있지만, 마교가 지부를 만드는 데 있어서 고수하는 원칙은 '나무는 숲에, 바늘은 소나무 가지에.'이다.

비밀 지부는 정파 무림에 자연스럽게 녹이고, 마인은 각 문파에 비밀스럽게 파견한다는 뜻이다.

그래야 마교의 침공 때 효과적으로 정파 내부를 뒤흔들 수 있으니까.

이전 삶에서 마뇌의 수하가 붙잡혔을 때 발설한 비밀 중 하나였다.

그러니 이런 깡 시골에 마교와의 연결 고리가 있을 리가…….

"왜 그래?"

"무슨 일이지."

"왜 그러세요?"

세 사람이 갑자기 검 손잡이에 손을 올리며 주변을 경계하는 남궁혁을 보고 의아한 기색을 띠었다.

"방금 못 느꼈어?"

"뭐가?"

"무엇을 말이냐."

"뭐 있었어요?"

나태영은 물론이고 은태림, 심지어 팽천룡까지 대체 이녀석이 왜 이러나 하는 얼굴로 남궁혁을 보고 있었다.

"……아냐, 아무것도."

"시답잖긴."

은태림이 핀잔을 줬다. 남궁혁은 마을 뒤편의 산꼭대기를 유심히 바라보았다.

분명 느껴졌다. 마기였다.

찰나였고, 너무 순도가 높아서 오히려 정순하게까지 느껴지는 마기였기에 다른 이들은 눈치 채지 못한 듯했다.

정반대의 오행을 몸에 지니고 있는 남궁혁이니까 그나마도 느낀 것이다.

'진짜 여기 뭐가 있는 건가?'

남궁혁이 미간을 찌푸렸다.

금진차는 그렇게 대단한 무인이 아니다.

나름 인지도는 있지만 유명세로 치자면 오히려 대장장이

인 남궁혁보다 뒤진다.

진짜 마인도 아니고 마환단 같은 걸 먹었을 뿐일 그가 마교와 깊게 연관됐을 거라고 생각하긴 어렵다.

여기 뭐가 있어 봤자 조무래기와의 접선 흔적 정도라고 생각했는데.

방금 전의 마기를 생각한다면 금진차가 생각보다 거물일지도 모른다.

그 정도의 마기는 마교의 고위층이나 가질 수 있을 테니까.

"어디부터 시작해야 한담."

은태림이 깝깝하다는 얼굴로 중얼거렸다.

"일단 아무나 붙잡고 물어보자. 사람이 잘 안 다니는 마을이니까 금진차나 마교가 근처에 어슬렁거렸다면 눈에 띄었겠지. 객잔이 없는 마을이니까 재워 줄 만한 집도 찾아보고."

남궁혁의 눈에 밭일하는 아낙 하나가 눈에 띄었다.

이런 폐쇄적인 마을에서 외간 남자가 척 봐도 유부녀인 거 같은 여자한테 말을 거는 건 별로 좋지 않은데. 괜한 오해를 살 수도 있으니까.

그래도 마땅히 보이는 사람이 없었기에 남궁혁이 밭으로 다가가 입을 열었다.

"저기 실례합니다만."

"뉘, 뉘십니까?"

여인은 남궁혁을 무척이나 경계하는 얼굴로 고개를 들었다.

낯선 사람을 경계하는 거야 그리 이상한 일도 아니지마는, 아낙의 얼굴은 조금 이상했다.

모르는 외부인을 꺼려 하는 것보다는 귀신을 보는 얼굴 같달까.

아니나 다를까, 여인은 조심조심 뒷걸음질을 치고 있었다.

"혹시 며칠 전에 이 동네에 낯선 남자 하나 오지 않았나요? 창을 들고 있어서 눈에 띄었을 텐데."

"모, 모르겠는데요."

아낙은 진짜 모른다는 듯이 고개를 획획 돌리고서는 고대로 후다닥 밭을 벗어나 마을 안으로 도망쳤다.

밭을 다듬던 호미며 머릿수건도 던져 둔 채였다.

아니, 내가 뭘 했다고?

"뭐야? 괜히 내가 이상한 사람 된 거 같잖아."

남궁혁이 입을 삐죽였다. 살면서 이런 대접을 받아보긴 또 처음이었다.

아무리 외간 사람이라고 해도 웃으면서 친절하게 대하면 웬만해서는 받아 주는데.

"구석진 벽지잖아. 처음 보는 남자가 무서울 수도 있지. 다른 사람들한테 물어보자고."

은태림이 그를 적당히 달랬다. 하지만 이상한 상황은 계속되었다.

"저기 말씀 좀 묻겠습니다만—."

"이익—! 물러가라 잡것아!"

"저기 죄송한데 뭐 좀—."

"아이고 귀신 님, 우리 집에는 아무것도 없습니다!"

"뭐 좀 물어볼게요—."

"으아아앙—!"

노인, 아저씨, 아이 전부!

남녀노소 가릴 거 없이 남궁혁이 말을 붙이기만 하면 희게 질려 가지곤 자기들의 집으로 도망을 갔다.

그러곤 문을 쾅 소리 나게 닫고는 걸쇠를 걸었다.

"진짜 뭐야? 금진차가 자기에 대해 말 한 마디라도 꺼내면 죽이겠다고 협박이라도 한 거야?"

남궁혁은 짜증스럽게 중얼거렸다.

순식간에 마을은 쥐새끼 한 마리 찾아보기 어려울 정도로 썰렁해졌다.

다들 집 안에 들어가 문을 꼭 닫고 숨어 있는 기척이 느껴졌다.

"문짝 뜯어내고 들어가서 물어보는 거야 일도 아니겠지만—, 우리 천무대주님 성격에 그건 아니겠지?"

"한 명만 더 도망치면 그럴지도 몰라."

남궁혁이 지끈거리는 관자놀이를 짚었다.

팽천룡이 순식간에 조용해진 마을을 둘러보며 나직이 중얼거렸다.

"이 마을에 뭔가 있긴 있는 모양이군."

"아까 귀신이라고 했지 않나요? 설마…… 진짜 귀신이 나타나는 건?"

무인답지 않게 잔뜩 겁을 집어먹은 나태영이 불안한 목소리로 말했다.

"딱히 이렇다 할 귀기는 안 느껴지는데."

"귀기보다 문제는 우리가 오늘 밤을 청할 만한 집이 없다는 거지."

은태림이 곤란하다는 듯 손가락을 까딱였다.

이유가 무엇이든 지금 남궁혁 일행에게 문을 열어줄 집이 없는 건 확실했다.

"노숙을 하는 거야 별로 곤란한 일은 아니지만, 금진차의 행적 때문에 일부러 길을 돌아 왔는데 헛수고를 하게 생겼잖아."

"그치만 이런 외진 곳에 뭐가 있으려고?"

"아니. 뭔가 있을 가능성이 높다."

팽천룡이 낮게 답했다.

"마교는 사특한 술법을 쓴다지. 마을 사람들이 귀신에 겁을 먹은 걸 보면 마교가 여기서 뭔가를 했을 가능성이 높다."

"그건 그러네. 그럼 어디부터 시작할까?"

은태림이 뒷짐을 지며 옹기종기 모여 있는 오두막들을 훑어보았다.

그래도 정파인이라 협박으로 입을 열게 하는 건 썩 내키지 않으니, 이 중 어디부터 문을 따야 최소한의 협박으로 마을 사람들의 입을 열 수 있을까 고민하는 눈치였다.

"응?"

팽천룡과 은태림이 오두막 중 한 곳을 고르고 있는 사이, 남궁혁은 저 뒷산에서 쪼르르 내려오는 아이 하나를 발견했다.

밑져야 본전인데 마지막으로 한번 물어볼까?

"저기, 꼬마야. 뭐 하나만 물어보자."

아이가 남궁혁 쪽으로 고개를 돌렸다. 다행히도 아이는 다른 사람들처럼 기겁하거나 도망치지 않았다.

오히려 이방인에 대한 호기심을 눈에 가득 담은 채 남궁혁에게 다가왔다.

"아저씨는 누구예요?"

아저씨라. 다시 삶을 산 이후로는 처음 듣는 말이네.

남궁혁이 볼을 긁적였다.

아직 이십 대 초반인 남궁혁의 외모는 누가 봐도 청년이었지만, 저렇게 어린 꼬마의 눈에는 아저씨로 보이는 게 당연지사.

웬만한 사람이라면 살짝 발끈했겠지만 실질적으로 살아온 나날을 따지자면 할아버지라고 불릴 테니, 이 정도는 넘어가야지.

게다가 이 꼬마는 이 마을에 와서 처음으로 도망치지 않은 기특한 아이가 아닌가.

"응, 아저씨는 저기 산 너머에서 온 사람인데. 혹시 요새 이상한 사람이 마을에 오지 않았니?"

"귀신이 와요!"

"귀신?"

아이의 목소리에 팽천룡과 은태림도 이곳을 돌아보았다.

그들이 다가오자 아이는 더 신이 난 듯 큰 목소리로 떠들었다.

"아저씨들처럼 막대기를 갖고 있는데, 불쑥 나타나서 밥을 가져가요!"

"밥을 가져가?"

"굵은 귀신인가 봐요. 무지 빠르고 무지 세요! 아저씨들이 덤벼도 다 이겨요!"

아이는 조막만 한 주먹을 쥐고는 마구 떠들어 댔다.

그 목소리가 들렸는지 오두막 하나의 문이 열리더니 아이의 엄마로 보이는 여인이 아이를 황급하게 불렀다.

"어서 들어와!"

"아, 엄마다!"

아이는 엄마를 보더니 남궁혁들을 지나쳐 갔다. 남궁혁이 서둘러 마지막으로 물었다.

"꼬마야! 그 귀신이 어디로 갔는지 알아?"

"저기!"

아이는 뛰어가면서 뒷산을 가리켰다.

순식간에 집에 도착한 아이는 엄마의 치마폭에 싸여 오두막 안으로 들어갔다.

나무 문이 쾅 닫히는 소리와 함께 마을은 다시 정적에 휩싸였다.

"그러니까 종합하자면 무림인이 이 근처에 숨어 있다는 거네?"

남궁혁은 아이가 가리킨 뒷산을 바라보았다.

막대기를 갖고 있었다는 건 검이나 도를 지니고 있었다는 뜻이고, 아저씨들이 당해 내지 못했다는 건 그래도 제법 실력이 괜찮다는 뜻.

만약 그들이 심하게 다쳤다면 그 아이도 그렇게 명랑하게 얘기하진 않았을 테니 그저 기절시킨 수준에 불과할 것이다.

그리고 밥을 가져갔다는 말.

누군가 뒷산에서 머무르고 있지만 불을 피울 수 없는 상황이라는 뜻.

"아직 있으려나?"

"적어도 흔적은 있겠지."

"마교가 아닐지도 모른다."

"맞아요. 마인이었다면 사람들에게 밥을 하라고 강제로 시키고 마을에 숨어 있으면 되잖아요."

나태영의 말도 일리는 있었다.

그치만 아까 느꼈던 순수한 마기.

이런 산골 사람들에게조차 정체를 드러낼 수 없는 마인이 숨어있다는 건가?

"마인이 아니면 굳이 우리가 찾아볼 필요는 없지."

"맞다. 서둘러 항주로 가는 쪽이 낫다."

은태림과 팽천룡은 귀신의 정체가 마인이 아니라고 확신하는 듯 했다.

평소라면 정파의 기치를 세운다며 마을 사람들을 불안

하게 하는 귀신을 잡겠다 나설 법도 하지만, 지금은 마교의 흔적을 잡는 게 더 급하니까.

'이 녀석들을 어떻게 설득하지? 아무도 못 느낀 마기를 나 혼자 느꼈다고 하면 의심 받을텐데. 안 그래도 천룡 녀석이 나를 의심하는 상황이고.'

남궁혁이 어쩔까 고민하는 사이, 아이가 들어갔던 오두막의 문이 벌컥 열렸다.

"아저씨!"

아이가 문을 열고 이쪽을 보고 있었다. 손에는 손바닥만한 종이가 들려 있었는데, 아이는 그것을 휘적휘적 흔들어댔다.

"있잖아. 귀신은 밥을 가져가면 이런 걸 두고 가!"

"나가면 안 된다니까!"

찰싹! 등을 맞는 소리와 함께 문이 다시 확 닫혔다.

"방금 봤지?"

꽤 먼 거리였지만 안력을 수련하는 무림인들에게는 종이의 질까지 판별할 수 있는 정도의 거리일 뿐이었다.

"응. 전표던데? 은 열 냥."

"금무회에 가입한 전장이면 어디에서나 돈을 바꿀 수 있는 전표다. 어디와 관련 있는 자인지 알기는 어렵군."

"밥값을 치르는 귀신이라······."

은 열 냥이라면 적지 않은 액수다.

게다가 밥을 가져갈 때마다 전표를 두고 갔다면 그 돈이 상당할 텐데.

그러면 돈이 없어서 이 산골 구석에 박혀 있는 것도 아닌 거 같고.

대체 정체가 뭐지? 뭐 하는 마인이야?

"일단 근처에서 노숙을 하자고. 어차피 해는 지고 있고 아무도 문을 안 열어줄 거 같으니까. 귀신이 아니라고 해봤자 저게 전표인지도 모르는 사람들이 우리 얘기를 들어줄 거 같지는 않은걸."

남궁혁이 일행을 살살 설득했다. 어쨌든 하루라도 근처에서 노숙을 하다보면 마인을 발견할 시간을 벌 테니까.

"저기가 괜찮을 거 같군."

팽천룡이 가리킨 곳은 낡은 사당이었다.

멀리서 봐도 지붕이 헐고 벽 한쪽이 반쯤 무너진 것이 사람이 살 것 같지는 않았다.

여행객이 노숙을 하기에는 적당한 장소였다.

"만약 귀신이 있다면 제일 머무르기 좋아 보이는 장소인걸."

"가 볼까?"

네 사람은 곧바로 사당을 향해 움직였다.

일명 귀신이라 불리는 이가 있을지도 모르니 경계를 늦추지 않고 다가갔지만, 안에서는 인기척이 느껴지지 않았다.

남궁혁은 검병에서 손을 떼고 사당 안으로 들어갔다.

제법 낡기는 했지만 하룻밤 신세를 지는 데는 큰 무리가 없어 보였다.

"좋아. 오늘은 여기서 묵자."

아직 해가 완전히 지기까지는 시간이 좀 남아 있었지만, 일행은 사당에 짐을 풀었다.

"저기, 저녁으로 국수라도 끓일까요?"

"국수 좋지. 불 피우는 거 도와줄게."

이레 간 나태영에게는 약간의 변화가 있었는데, 끼니에 관련된 거라면 다소 적극적으로 나선다는 거였다.

나태영이 실력을 발휘할 때마다 세 사람이 칭찬을 아끼지 않은 덕분이었다.

심지어 엊그제는 팽천룡에게서 공동파의 제자만 아니었다면 팽 가의 숙수로 초빙하고 싶다는 얘기까지 들었다.

그 말을 들은 나태영이 하루 종일 꿈꾸는 표정으로 멍 때리고 다니는 바람에, 남궁혁과 은태림이 팽천룡에게 칭찬 금지령을 내리기까지 했다.

과묵한 사람이 하는 칭찬은 그 파급력이 다르니까.

어쨌든 초반의 소심한 성격이 고쳐지는 건 같이 다니는

일행 입장에서는 좋은 일이었다.

'역시 사람은 칭찬을 받아야 재능이 무럭무럭 큰다니까.'

식사는 빠르게 준비되었다. 일을 확실히 분담한 덕분이었다.

전체적인 조리는 나태영이 하지만 기본 재료를 다듬는 건 은태림도 손을 거든다. 그래야 준비가 빨리 되니까.

불을 피우는 건 남궁혁의 몫.

철을 다루는 솜씨만큼이나 불을 피우는 데에 있어서는 탁월할 정도의 실력을 갖고 있는 대장장이다 보니 당연한 거였다.

마지막으로 팽천룡은 젓가락을 깎았다. 가끔은 숟가락을 깎기도 했다. 쓰고 대충 흙바닥에 던져 버리고 가면 되니까.

잔가지들이 자작자작 타오르는 소리가 들리고, 냄비에 부은 물이 끓기 시작했다.

불을 피웠으니 남궁혁의 일은 이제 끝.

팽천룡도 젓가락 여덟 개를 다 깎은 후였다.

남궁혁은 팽천룡에게 다가가 그가 깎은 젓가락 한 벌을 집어 들었다.

'볼 때마다 신기하다니까.'

젓가락 깎기. 나태영의 요리 실력 이상으로 의외인 팽천룡의 특기였다.

보통 나무를 깎고 나면 까슬까슬하기 때문에 사포로 문지르는 등의 후처리를 해 줘야 하는데, 팽천룡이 깎은 젓가락은 그냥 써도 무리가 없을 만큼 매끈매끈했다.

한두 번 깎아 본 솜씨가 아니랄까.

젓가락을 들고 새삼 감탄하고 있던 남궁혁이 갑자기 문밖으로 젓가락 한 짝을 날렸다.

팽천룡도 똑같은 행동을 취했다.

젓가락 두 짝이 빠르게 날아갔다.

쌔액—!

사당의 문밖. 한 방향으로 날아간 젓가락들은 두 동강이 났다.

너무나도 빨라 눈에 보이지도 않는 칼놀림.

인기척도 없이 나타난 인영을 향해 무기를 뽑아 든 두 사람이 달려들었다.

아래에서 쳐올린 남궁혁의 검과 위에서 찍어 내린 팽천룡의 도!

부드럽지만 유연해서 어디든 쫓아갈 것 같은 검과 스치기만 해도 산산조각 날 것 같은 힘이 담긴 도가 한 점에서 만났다.

챙—!

한 자루의 검이 절묘하게 두 사람의 공격을 막았다.

그제야 남궁혁은 기척도 없이 다가온 이의 모습을 볼 수 있었다.

'여자?'

그것도 낯이 익은 여자였다.

지금 검을 맞대고 있는 여자도 그랬지만, 그녀의 뒤에서 이쪽을 보고 있는 여자 쪽이 더욱 그랬다.

"저기, 우리 안면이 있지 않아요?"

"그렇군."

검을 맞대고 있던 여자도 끄덕였다.

남궁혁이 아는 체를 하며 검을 거두자 팽천룡도 따라 도를 거뒀다.

이런 데서 이 사람들을 만나다니. 세상 참 좁기도 해라.

남궁혁은 피식 웃으며 여인의 뒤에 서 있는 소녀에게 꾸벅 고개를 숙였다.

"오랜만에 뵙네요."

"오랜만이로구나. 잘 지내었느냐."

고급스러운 비단 옷을 입은 소녀는 엷은 웃음을 띠며 남궁혁의 인사를 받았다.

자무군주 주예홍!

남궁혁이 등충으로 가던 길에 만났던 신비한 소녀.

그녀를 만나 한 끼 식사를 대접한 후 남궁혁은 흑점의 금룡패를 얻었고, 덕분에 원합심공의 무공서를 얻을 수 있었다.

어린 꼬마에 가까웠던 그녀는 이제 제법 자라 있었다. 못 알아볼 정도는 아니었지만.

'이제 이해가 가네.'

마을의 밥이 자꾸 사라졌던 이유. 그건 다 이 주예홍 때문이었던 모양이다.

예홍의 호위인 란이 그녀를 위해 마을에서 식사를 가져왔을 테고, 식사에 대한 답례로 전표를 두고 간 거겠지.

팽천룡의 도와 남궁혁의 검을 동시에 막아 낸 실력이니 이런 산골의 장정들이 힘도 못 쓰고 뻗어 버린 건 당연지사고.

저 아래 마을에서 귀신이라 불리고 있는 예홍의 호위가 눈을 부라렸다.

"여긴 우리가 머물고 있던 곳이다. 썩 꺼지거라."

"되었다. 란아. 안면이 있는 이인데 어찌 그리 매정하게 굴 수 있겠느냐."

"감사합니다. 누구 덕분에 아래 마을에서는 잘 곳을 구할 수가 없었거든요."

남궁혁이 어깨를 으쓱하며 감사를 표했다.

"그런데 자무군주께서 여기까지 어인 일이세요?"

"호오, 내 정체를 알아차렸나 보구나. 누굴 좀 찾으러 왔다."

"찾아요?"

"친구."

친구? 자무군주쯤 되는 사람이 이런 산골짜기에서 친구를 찾고 있다니?

"여행 중에 우연히 만났다. 쫓기고 있는 것을 구해 주었는데 갑자기 사라져 버렸지."

"사라져요?"

예홍이 고개를 끄덕였다.

"란아, 그것을."

"예."

란은 품속에서 화첩 하나를 꺼내 남궁혁에게 건넸다.

부드러운 비단으로 된 그것을 펴 보자 한 여인의 초상이 그려져 있었다.

"흐음, 용모파기인가요?"

솜씨 좋은 화공이 그린 듯 섬세하게 그려진 여인은 상당한 미인이었다.

특히 애달파 보이는 눈동자가 유독 눈에 들어왔다. 그림이긴 하지만 마치 사람을 홀릴 것 같은 눈이었다.

"그 여인을 찾고 있다. 혹시 본 일이 있는가?"

"글쎄요. 천룡, 너 이런 사람 본 적 있어?"

남궁혁은 팽천룡에게 용모파기를 보여 주었다.

순간 팽천룡의 눈이 크게 떠졌다. 침을 꿀꺽 삼키는 소리가 들렸다. 그는 용모파기 속의 여인에게서 눈을 떼지 못했다.

"천룡?"

"……아니, 모르는 사람이다."

"모르는 여자 그림을 그렇게 뚫어지게 봐?"

"그냥…… 아름다워서."

팽천룡은 그렇게 말한 후 그답지 않게 볼을 살짝 붉히더니, 쌩하니 돌아서 사당 안으로 들어가 버렸다.

뭐야, 설마 용모파기 하나 보고 누군지도 모르는 여자한테 반한 건 아니겠지?

남궁옥을 좋아한다던 그 말은 어디가고?

남궁혁은 혀를 차며 용모파기를 돌려주었다. 란은 그것을 품에 다시 갈무리하며 입을 열었다.

"그대는 군주께 한 번 큰 은혜를 입은 몸. 인의를 아는 무인이라면 그 은덕을 잊지 않겠지. 만약 이 여자를 본다면 지체 없이 군주께 알리거라."

"대체 누군데 이렇게까지 찾으시는 겁니까?"

"네 녀석이 알 만한 분이 아니다."

"그래도 대충 이름이나 특징, 무인이라면 무공의 종류 정도는 알아야 도움이 되지 않겠어요? 아무것도 없이 얼굴만으로는 도와 드리는 데도 한계가 있잖아요."

남궁혁의 말이 설득력이 있었는지, 란은 곤란한 얼굴로 주예홍을 돌아보았다.

"어찌할까요."

주예홍은 잠시 고민하더니 남궁혁의 앞으로 다가왔다. 그리고 직접 입을 열어 자신이 찾는 이에 대해 설명했다.

"이름은 아흔이다. 주아흔. 무공에 대해서는 나도 아는 바가 없다. 그리고 항상 검은 옷을 입는다. 이 정도면 되겠느냐?"

"주 씨라면 설마 군주의 사촌 되십니까?"

주 씨는 흔한 성이 아니었다. 주예홍이 씩 웃었다.

"눈치가 빠르구나. 사촌은 아니어도 먼 친척은 된단다. 이제 호기심이 풀렸느냐?"

"무슨 일인지는 모르겠지만 황친의 행방을 찾는 일이라니 도와 드려야죠. 찾게 되면 바로 알려 드릴게요."

"이야기는 이쯤 하지. 시장하구나. 요리는 언제 완성이 되느냐?"

주예홍은 사당 안으로 망설임 없이 들어가며 물었다.

자무군주와 요리라.

마침 오늘의 식사도 그때와 똑같은 고기국수였다.

남궁혁의 실력도 나쁘진 않지만 나태영의 요리는 훨씬

괜찮았다.

어쩌면 자무군주가 깜짝 놀랄지도 모르지.

남궁혁이 뒤따라 들어가며 생각했다.

팽천룡이 전후 사정을 얘기했는지, 세 사람이 사당 안으로 들어가자 나태영과 은태림이 자무군주를 향해 예를 취했다.

"군주를 뵙습니다."

"자무군주를 뵙습니다."

"예는 되었다. 하던 일을 마저 하거라."

주예홍은 손을 내젓고는 철과 쪽으로 가 냄새를 맡았다.

"맛있는 냄새로고. 얼마나 걸리느냐?"

"아, 거의 다 됐습니다. 일각 정도 더 끓여야 제대로 맛이 나지만 식사가 늦었으니 좀 빨리—."

"잠깐!"

남궁혁이 국자를 집어 들려는 나태영의 손을 막았다. 주예홍이 의아한 듯 그를 올려다보았다.

"왜 그러지?"

"일각만 기다렸다가 먹으면 안 될까요?"

"일각이나? 나는 허기지다."

"부탁드릴게요. 일각 후면 정말 맛있는 음식을 맛보실 수 있을 거예요."

"흐음, 정말이더냐?"

"태영이가 말했으니 그럴 겁니다."

남궁혁이 확신에 차서 고개를 주억거렸다.

주예홍은 남궁혁의 그 얼굴과 부글부글 끓고 있는 철과
안의 국물을 번갈아 보다가 입을 열었다.

"좋다. 일각을 기다리지."

그녀의 허락이 떨어지자 남궁혁은 나태영을 향해 고개를
돌렸다.

"지금부터 일각 안에 최선을 다해서 요리를 만들어. 네
실력을 선보일 최고의 기회야."

나태영은 침을 꼴깍 삼켰다. 남궁혁은 무척이나 진지한
얼굴을 하고 있었다.

그는 곧 남궁혁이 무슨 말을 하는지 알아차렸다.

상대는 자무군주. 황실의 사람이다. 나태영의 실력을 선
보이기에 부족함이 없는 사람인 것이다.

"그리고 넌 진짜 훌륭한 숙수가 될 거야. 내가 장
담해. 그 검으로 세상 그 누구도 엄두를 내지 못하는
해남도의 해룡을 잡아서 요리하는 전설적인 황실 숙
수가 될 거라고."

자신을 격려하기 위한 말이라고만 생각했는데, 정말 이런 일이 일어나다니.

나태영의 손에 힘이 들어갔다. 남궁혁은 그의 어깨를 툭툭 쳐 주고는 돌아섰다.

팽천룡과 은태림도 돌아가는 상황을 눈치 챘는지 빨리 먹자며 재촉하지 않았다.

남궁혁은 저만치 사당 중앙에 비단 천을 깔고 앉은 주예홍에게 다가갔다.

"저도 여쭤 볼 게 있는데요. 혹시 이런 남자 못 보셨어요?"

그 또한 화첩 하나를 꺼내 건넸다. 금진차의 용모파기가 그려져 있는 화첩이었다.

"이 남자를 찾고 있어요. 이 주변에서 삼 일 정도 머물렀다 갔다고 했거든요."

"아아, 이자. 알고 있다."

주예홍이 고개를 끄덕였다. 이어 뒤에 시립해 있던 란이 입을 열었다.

"근처를 배회하고 있었다. 사특한 기운을 창에 감았더군. 실력이 들쭉날쭉한 이상한 자였다. 만만찮은 실력을 선보이다가 갑자기 삼류보다 못한 솜씨로 창을 휘두르더니 불현듯 소리를 지르며 도망쳤다."

"그래서요?"

"정신이 오락가락하는 거 같더군. 군주를 호위해야 했기에 그 이상 관심을 두진 않았다."

란은 거기까지 말하고 입을 다물었다. 아무래도 그 이후로는 만난 적이 없는 모양이었다.

'흐음, 여기서 마기를 다스리고 있었나? 하지만 아까 느꼈던 마기는 금진차 정도가 뿜어냈다고 하기엔 너무 정순했는데. 누가 또 근처에 있나?'

남궁혁은 다시 한 번 란에게 물었다.

"그러면 그 사람 말고는 없었나요? 그 사특한 기운 말이에요. 아까 근처에서 비슷한 걸 느꼈는데."

"……글쎄. 모르겠군."

냉막한 그녀답지 않게 란은 말을 얼버무렸다.

남궁혁의 말에 주예홍의 눈빛이 살짝 반짝였다. 란은 그녀의 시선을 받고는 다시 말을 이었다.

"그러나 꽤나 강한 자가 급하게 산을 빠져나가는 인기척은 느꼈다. 지금쯤이면 꽤 멀리 달아났을 것이다."

"그래요?"

남궁혁은 잠시 턱을 괴고 생각에 잠겼다.

아무래도 금진차는 치솟는 마기를 가라앉히느라 여기서 삼 일을 소요한 모양이었다.

그리고 아까 느꼈던 순수한 마기.

란의 말에 의하면 그 마인으로 추측되는 이는 남궁혁이 마을에 들어오자마자 빠르게 산을 벗어났다.

금진차를 제거하거나 확보하기 위해 온 마인일지도.

'그렇다면 사실상 여기 들를 필요는 없었던 거군.'

바로 항주로 가도 상관없었으리라. 뭐, 덕분에 자무군주를 다시 만나게 됐지만.

그러는 사이 약속했던 일각이 지났다. 나태영은 그릇을 꺼내 국수를 나눠 담았다.

"다 됐습니다!"

나태영은 잔뜩 기합이 들어간 목소리로 모두를 불렀다.

그릇이 모자랐기 때문에 남궁혁과 나태영은 나중에 먹기로 했다.

모두가 국수를 받아 들고, 제일 먼저 주예홍이 국수를 맛봤다.

호로록—

주예홍은 국수를 오물거렸다. 그녀의 얼굴에 만족스러운 미소가 떠올랐다.

"호오— 참으로 진미로구나."

"입에 맞으세요?"

"그래. 일전에 맛본 너의 요리도 맛이 좋았으나, 이 자의 솜씨는 정말로 탁월하구나. 참으로 만족스러워."

주예홍은 재차 감탄하며 국수를 한 젓가락 더 집어 들었다.

그녀의 뒤에 앉은 란도 그 무표정한 얼굴에 감탄을 띠운 채 국수를 먹고 있었다.

은태림과 팽천룡도 마찬가지였다.

"……정말 대단해. 어떻게 고기 국수 같은 걸 이렇게까지 끓여 내지?"

"더할 나위 없군."

은태림과 남궁혁으로부터 칭찬 금지령을 받은 팽천룡의 감상은 은태림에 비해 짧디 짧았다.

그치만 그의 얼굴에 어린 만족스러운 표정은 나태영을 감동시키기에 충분했다.

그릇이 없는 두 사람을 위해 은태림과 팽천룡은 빨리 그릇을 비웠다.

그제야 남궁혁도 나태영이 한껏 솜씨를 발휘한 고기국수를 먹어볼 수 있었다.

다섯 종류의 말린 육포와 두 종류의 생선포. 거기에 나태영이 아끼고 아끼던 말린 해산물 등을 아낌없이 넣은 국물은 그야말로 감탄을 부르기 충분했다.

그 국물에 딱 먹기 좋을 정도로 삶은 국수까지 더해지니 그야말로 금상첨화.

남궁혁은 순식간에 그릇을 뚝딱 비웠다. 도무지 천천히 먹을 수가 없었다.

마침 주예홍도 젓가락을 내려놓았다. 그녀는 란이 건넨 손수건으로 입가를 닦으며 나태영을 바라보았다.

"이 요리를 한 너의 이름이 무엇이더냐?"

"공동파의 제자 나태영이라고 합니다."

나태영은 그릇을 내려놓고 공손하게 포권을 취했다.

그의 말을 들은 주예홍의 얼굴에 안타까움이 스쳐 지나갔다.

"공동의 제자라. 아쉽군. 이름난 문파의 제자이니 나와 함께 가 달라는 말은 하지 못하겠구나. 통재로다."

"과, 과찬이십니다."

"참으로 아까운 실력이로고. 황상께서 도통 입맛이 없으시어 하루하루 말라 가신다 하여 훌륭한 숙수를 찾고 있었거늘. 하필이면 만난 이가 대문파의 제자라니."

남궁혁은 속으로 쾌재를 불렀다. 이걸 위해서 나태영에게 실력을 발휘하라고 한 거니까.

이전 삶과 똑같은 경로는 아니겠지만, 나태영에게는 황실 숙수로의 길이 열려 있는 게 분명했다.

그렇지 않고서는 이렇게 운명처럼 자무군주를 만날 순 없었다.

"혹 나중에라도 그 실력을 발휘해 보고 싶다면 내가 있는 정강왕부로 찾아 오거라. 내 섭섭지 않게 대우할 테니."

"감사합니다, 군주님."

포권을 취한 나태영의 손이 바르르 떨렸다. 주예홍이 품 안에서 동그란 옥패 두 개를 꺼냈다.

"이것을."

주예홍은 옥패 하나를 나태영에게, 그리고 하나는 남궁혁에게 건넸다.

"좋은 식사에 대한 답례이니라."

나태영에게 주는 건 알겠는데 왜 나한테? 남궁혁이 옥패와 주예홍을 번갈아 바라보자 주예홍이 피식 웃었다.

"감히 군주를 기다리게 한 상이로다."

일각의 시간을 더 빌어 나태영이 최선을 다하게 한 보답인 모양이었다. 뭔지는 모르겠지만 자무군주가 준 것이니, 지난번 금룡패에 버금가게 좋은 거겠지.

주예홍과 란은 곧바로 자리에서 일어났다.

"오늘은 이만 가 보겠다. 아흔은 이 근처에 없는 거 같으니 다른 곳으로 가 봐야겠구나."

"살펴 가세요."

"그래. 인연이 닿으면 또 보자꾸나."

두 사람은 또다시 기척 없이 걸음을 옮겼다.

"황실 사람에게만 전해진다는 금영보로군."

그녀들의 걸음걸이를 알아본 팽천룡이 나직이 중얼거렸다.

주예홍과 란이 저 멀리 멀어진 후, 은태림은 남궁혁을 돌아보았다.

"혁아. 저번에 나한테 뭐라고 했지? 매은각이라는 걸 만든댔나?"

"응, 그랬지."

"아무래도 진짜 그런 걸 만들게 될 거 같아. 나 지금 소름 돋았어. 어떻게 태영이가 자무군주에게 실력을 선보일 기회가 생겼지? 남궁혁, 너 솔직히 말해 봐. 천기라도 읽는 거야? 아니면 꿈에서 봤어?"

은태림은 나태영이 진짜 황실 숙수로의 길이 열리게 됐다는 사실이 믿기지 않는지 몇 번이고 남궁혁을 볶았다.

나태영도 마찬가지였다. 이전에도 남궁혁을 신처럼 보던 그였지만 지금은 그냥 신 그 자체였다.

그렇지 않고서는 어떻게 그런 예언을 할 수 있겠는가!

졸지에 천기누설을 한 예지자가 되어 버린 남궁혁은 두 사람의 그런 반응에 피식 웃고는 잘 준비를 시작했다.

운명은 각자 제 길을 찾아간다.

이전 생의 나태영이 황실의 사람을 만나 실력을 선보이고 황실 숙수로 들어가게 된 건 서른 이후였다.

좀 많이 앞당겨지긴 했지만 결국 그는 황실 숙수가 되리라.

'작은 건 변하더라도 큰 운명은 변하지 않는다는 건가.'

남궁혁은 사당 구석에 나뭇잎이 쌓여있는 곳으로 걸어가 적당히 누울 자리를 만들었다.

그리고 푹신한 나뭇잎 더미 위에 누워 생각에 잠겼다.

이전의 생과는 많은 것들이 변했다.

대력문의 일을 막아 냈고, 마교가 이십 년 빨리 모습을 드러냈다.

무림맹은 서둘러 사성체제를 취했고 발 빠르게 움직이기 시작했다.

하지만 큰 운명은 변하지 않을지도 모른다.

정말 아무리 애를 써도 변하지 않는 걸까. 정파 무림은 또다시 마교에게 유린당하게 될까.

남궁혁은 또다시 그들에게 죽임을 당하게 될까.

아무것도 장담은 할 수 없었다.

단 하나 확실한 건, 운명을 바꾸기 위해 최선을 다하겠다는 스스로의 다짐뿐이었다.

第五章
금림상단과 금화전장,
그리고 마신녀

이후의 여정은 순탄하게 흘러갔다.

무림맹 정식 요청으로 출발한 거다 보니 조의 예산도 충분했고, 은태림과 팽천룡을 알아본 각 곳의 무림 문파들이 그들을 재워 주겠다고 나서는 바람에 남궁혁은 편안한 여행을 할 수 있었다.

가끔 가다가 노숙을 하게 될 때면 나태영이 실력 발휘를 했기에 그마저도 나쁘지 않았다.

나태영의 음식 맛에 푹 빠진 은태림이 가는 곳마다 식재료를 사들인 덕분에 노상에서 먹는 음식이 객잔의 음식보다 더 호화로울 때도 있었다.

그렇게 잘 먹고, 잘 자고, 편안하게 며칠간 여행한 그들은 마침내 항주에 들어섰다.

'이제 시작인가.'

남궁혁은 수많은 사람이 오고 가는 항주의 길거리를 걸으며 속으로 중얼거렸다.

그들이 이곳에 오게 된 일차적인 목적은 항주에 온 금진차의 행방을 찾는 거지만, 남궁혁의 본 목적은 마교의 지부인 금화전장의 실체를 무림맹에 알리는 것.

단순히 무림맹에 금화전장이 수상하다고 투서를 넣거나 의견서를 넣는 정도로 해결될 일은 아니다.

금화전장도 꽤 오랫동안 항주 지역의 무림에 뿌리를 내리고 있었으니까.

그러기 위해서는 일단…….

"숙소부터 잡자."

남궁혁이 앞서 가던 일행을 불러 세웠다.

항주가 처음인 남궁혁에 비해 다른 일행들은 제 고향처럼 거리를 걷고 있다가 뒤를 돌아보았다.

"숙소?"

"그래. 항주는 넓잖아. 금진차를 추적하려면 하루 이틀로는 안 될 텐데, 일단 머물 곳부터 잡아야지. 기본이잖아?"

아니, 이 녀석들은 그런 기초적인 것도 모르나?

남궁혁이 조금 당황스러운 얼굴로 물었다. 아무리 귀하게 자라 온 녀석들이라고 해도 이 정도는 기본인데.

"무슨 숙소를 잡아. 내가 출발하기 전에 금림상단에서 묵자고 얘기했잖아?"

아, 그러고 보니 은태림이 그런 말을 했던 것도 같다. 자기네 전장이랑 친하댔나?

"전에 와서 귀빈용 숙소를 제공받은 적 있었는데 그야말로 최고였어. 무림맹 일로 왔다고 하면 더 잘해 줄걸? 어서 가자!"

은태림이 남궁혁의 등을 툭툭 치며 어깨에 팔을 둘렀다.

남궁혁이 머쓱함을 숨기기 위해 물었다.

"섬서에 있는 매화전장이 여기 있는 상단이랑은 왜 친한 거야?"

"정확히는 금림상단이랑 친한 게 아니야."

"그럼?"

"금화전장이랑 친해. 금화전장의 전전대 장주가 우리 조부와 젊은 시절에 같이 일하셨거든."

"뭐? 금화전장?"

남궁혁이 놀라 소리쳤다. 금화전장이라니. 거긴 마교의 돈줄이란 말이야!

"그럼 금림상단에는 왜 가는 건가요? 금화전장 쪽으로

가야하는 거 아닌가요?"

놀란 남궁혁이 얼빠져 있는 사이 나태영이 물었다.

나태영도 남궁혁 일행과 함께하는 며칠 동안 그 주눅 드는 성격이 많이 고쳐진 상태였다.

남궁혁 일행이 너무 좋아진 게 성격 변화의 이유였다.

형인 나태량이 시킨 간자의 역할은 아예 까맣게 잊어버린 지 오래였을 정도니까.

마음만 같아서는 공동파로 돌아가고 싶지 않을 정도였다.

"그야 금림상단은 금화전장이 돈을 대서 만든 상단이니까."

은태림은 당연한 걸 얘기한다는 듯 어깨를 으쓱였다.

상계에서는 꽤 유명한 얘기라며, 그는 조부의 친구인 금화전장의 전전대 장주 각태성의 얘기를 늘어놓았다.

은태림의 조부인 은성군은 매화전장의 후계자였지만, 엄격한 아버지였던 당시 장주의 뜻에 따라 항주 지방의 전장에서 말단으로 일을 배우게 됐다고 한다.

그때 같은 시기에 전장에 들어온 사람이 금화전장의 전전대 장주였다.

한쪽은 매화전장의 후계자였고 한쪽은 훗날 작은 전장을 차리는 꿈을 갖고 있는 청년일 뿐이었지만 두 사람은 죽이 잘 맞았고 좋은 친구가 되었다.

은성군은 몇 년 후 아버지의 죽음으로 서둘러 매화전장을 물려받기 위해 떠났지만 각태성은 항주에 남았다.

　은성군이 자신과 함께 매화전장에 가서 일하자고 설득했지만 그에게는 자신의 전장을 갖고 싶은 꿈이 있었으니까.

　대신 은성군은 나중에 각태성이 독립하게 된다면 돈을 보태주기로 했다.

　몇 년 후, 은성군은 각태성에게서 한 통의 편지를 받았다.

　둘이 같이 일하던 전장의 장주가 각태성을 좋게 봐서 그가 장주의 외동딸과 결혼, 금화전장을 물려받게 됐다는 내용이었다.

　은성군은 그 사실을 축하하며 전장 운영에 대한 갖은 조언을 아끼지 않았고, 두 전장은 어려울 때마다 서로를 도왔다고 한다.

　금화전장이 금림상단을 만들 때도 매화전장이 돈을 대주고 무림 북부의 상권에 발을 들일 수 있게 도움을 줬다고 하니까.

　그야말로 가족이나 다름없는 사이라고나 할까.

　"그때 태성 할아버지가 운이 좋으셨지. 당시 금화전장의 장주는 무림에서도 꽤 알아주는 고수였거든. 그런 고수가 갑자기 병이 들어 일찍 돌아가시지 않았다면 할머니랑 결혼하긴 힘들었을 거야."

은태림은 얘기를 마무리하며 불쑥 얘기를 꺼냈다.

갑자기 병이 들었다고? 무림에서도 알아주는 고수가?

남궁혁이 인상을 찌푸렸다. 뭔가 냄새가 났다.

만약 각태성이 금화전장을 이어받았을 때부터 마교가 개입해 있었다면.

충분히 가능성 있는 얘기다. 금화전장은 무척이나 오래된, 마교의 강남 총괄 지부나 다름없는 곳이니까.

"다 왔다. 여기야, 금림상단!"

마교를 잡으러 온 건 좋은데, 호랑이 굴에 들어가서 호랑이를 찾게 생겼네.

남궁혁은 눈앞에 있는 대궐 같은 장원을 바라보며 침을 삼켰다.

마차 여덟 대가 동시에 들락거릴 수 있을 만큼 커다랗고, 기린도 통과할 수 있을 것 같이 드높은 문.

요소요소에서 느껴지는 고수들의 느낌.

진법처럼 복잡하게 펼쳐진 이중, 삼중의 담벼락.

'여기서 무림맹에 슬쩍 흘려 넣을 마교의 단서를 찾아야 한다니. 차라리 하나 조작하는 게 빠르겠는데.'

남궁혁이 주변을 두리번거리며 긴장을 곤두세우고 있자, 은태림이 나서서 문지기에게 자신들의 방문을 알렸다.

이미 언질을 받았는지 문지기는 바로 안으로 뛰어 들어

가더니, 곧 상단에서 꽤 직책이 높아 보이는 이를 불러 왔다.

삼십대 중반으로 보이는 그는 마치 문사에 어울릴 것 같은 인자한 얼굴을 하고 있었다.

마교는커녕 상단과도 별 인연이 없어 보이는 인상이었다.

"태림, 왔구나."

"해명 형님!"

은태림이 환한 미소를 지으며 그에게 달려갔다.

마치 사촌 형님을 대하는 태도를 보니 아마 각씨 가문의 사람인 모양이었다.

과연, 은태림이 서둘러 인사를 마친 후 남궁혁들에게 그를 소개했다.

"이쪽은 금화전장 전대 장주 님의 둘째 아들인 각해명 행수님이야. 큰 형님이 전장을 맡고 해명 형님이 상단을 맡고 계시지."

"어서 오십시오, 여러분. 무림맹의 귀빈들을 맞이하게 되어 영광입니다."

각해명이 깍듯하게 인사를 했다. 아무리 그들이 무림맹에서 정식으로 파견된 거라지만 어린 아우의 친구들에게는 꽤 과한 예의였다.

남궁혁과 친구들은 그 과례가 약간 불편하다는 듯 인사를 받았다. 은태림이 그들을 각해명에게 소개했다.

"그리고 이쪽이 우리 조의 조장이자 천무대의 대주인 기린지장 남궁혁. 천룡은 아시니까 넘어가고, 이쪽은 공동파의 나태영이에요. 장차 황실 숙수가 될 정도의 실력자죠."

은태림의 소개에 나태영이 아니라며 얼굴을 빨갛게 물들이고 허둥지둥하는 동안, 각해명은 남궁혁을 보며 빙긋 웃었다.

"기린지장의 명성에 대해서는 익히 알고 있지. 우리도 지난번 남궁장인가의 경매에 초청받았었으니까."

그러고 보니 남궁혁은 이미 금림상단의 사람들과 만난 적이 있었다.

남궁장인가의 경매 때 그들이 중상급의 검을 경쟁적으로 사가지 않았던가.

세상에, 그렇다면 설마 이번 생에도 내 검이 마교로 흘러들어갔을지도 모른다는 거야?

"이렇게 뵙게 되어 영광입니다, 남궁 소협. 그때 판매해주신 검들은 항주에서도 무척이나 평이 좋았습니다."

"아, 예, 예."

간담을 서늘하게 한 한 가지 가설 때문에 남궁혁은 얼떨떨한 얼굴을 한 채 건성으로 인사를 받았다.

이윽고 팽천룡, 나태영과 따로 인사를 나눈 각해명은 그들을 직접 귀빈용 별채로 안내했다.

금림상단의 별채는 그야말로 호화스러웠다. 무림맹의 청운당이나 남궁장인가가 새로 지은 귀빈용 숙소에 비할 바가 아니었다.

화려한 금색으로 치장된 삼 층의 누각 세 채가 나란히 늘어서 있고, 인공으로 만든 게 분명한 큰 연못에는 세 개의 섬이 각기 아치형의 다리로 연결되어 있었다.

각 섬에는 송나라 식, 당나라 식, 그리고 명나라 식으로 지어진 각기 다른 분위기의 정자들이 놓여 있어 분위기를 더했다.

항주나 무한의 유명한 주루를 그대로 옮겨 놓은 것 같은 화려함이라니.

그야말로 무림 이대 상단으로서의 위용을 보여 주는 별채라 할 수 있었다.

"저는 바빠서 이만 가 보겠습니다. 대신 태림이 이곳을 자주 이용했으니 쓰시는 데 불편함은 없을 겁니다."

각해명은 그들을 별채까지만 안내하고 돌아갔다.

남궁혁으로서는 그쪽이 편했다.

누가 마교와 연결되었는지 확실치 않은 지금, 각해명은 요주의 대상이었다.

전략을 정하지 않은 채로 계속 상대해 봤자 이쪽이 의심을 갖고 있다는 걸 들키거나 어설프게 친분을 쌓게 되어 갈

팡질팡할지도 몰랐다.

은태림은 그런 남궁혁의 마음도 모른 채 활기차게 별채의 이곳저곳을 소개했다.

"이 별채는 상단과 전장 사이에 있어서 두 곳을 다 오갈 수 있고, 또한 대로로 나가는 다른 문도 있어. 무림맹 절강 분타와도 바로 이어지니 편하게 쓸 수 있을 거야. 짐만 내려놓고 바로 가 보자. 금진차에 대한 정보를 받아야지."

"무림맹 절강 분타와 바로 이어진다고?"

남궁혁이 한쪽 얼굴을 찌푸렸다. 무림맹하고 그렇게 가까운 거리에 있다는 건 금림상단이 무림맹과 상당한 친분을 갖고 있다는 뜻이었다.

최소한 절강 분타와는 거의 막역한 사이라고 봐도 좋았다.

"금림상단도 무림맹의 한 축이니까. 이번 비무 대회도 금화전장이랑 금림상단이 돈을 대서 백만 냥이라는 거금을 걸 수 있었던 거잖아. 장주님은 무림맹이 정도 무림을 이끌어야 한다고 생각하시거든."

남궁혁은 은태림의 뒤를 따라 들어가면서 들리지 않게 코웃음을 쳤다.

무림맹이 정도 무림을 이끌어야 한다라. 얼핏 들으면 정도 무림을 엄청나게 생각하는 말 같다.

그치만 그 안에 함정이 숨어 있다.

비무 대회 전처럼 평화롭고 무림맹이 힘을 모아야 할 아무런 명분도 없을 때, 무림맹이 정파의 주도적 역할을 맡으려 나선다?

당연히 대문파들의 견제가 이어질 것이다.

오대세가의 대표 격인 남궁세가는 물론, 구파일방의 주축인 화산과 무당, 소림과 개방이 가만히 있지 않으리라.

무림맹에 가는 지원을 은근슬쩍 단절하고 인력을 빼내는 등 견제를 하겠지.

일은 거기서 그치지 않는다. 무림맹에서 시작한 힘겨루기는 곧 구파일방과 오대세가로 번져 나갈 것이다.

무림맹을 뒤흔드는 것으로 각자가 무림에 뻗치고 있는 영향력의 크기를 확인할 테니까.

균형이란 단 하나의 주춧돌만 빼도 무너지기 마련이다.

그러면 어떻게 되느냐.

마교가 침공했을 때 뭉쳐야 할 무림맹의 조직 체계가 엉망이 되고, 구파일방과 오대세가는 반목하며, 서로 섞이지 못하는 물과 기름이 된다.

그야말로 꿀로 겉을 달콤하게 싼 복중의 독이 아닐 수 없다.

'소름 돋네. 나도 마교가 뒤에 있다는 걸 몰랐다면 짐작도 못했을 거야.'

정파 무림의 재력을 이등분하고 있는 금림상단이 무림을 망하게 할 계획을 세우고 있다니. 누구한테 말해도 믿지 못할 얘기일 것이다.

마교의 존재에 대해서 그를 믿어 준 제갈화영이나 남궁현열, 남궁옥도 금림상단의 일을 믿어 주긴 힘들리라.

그러니까 정말 확실한 증거가 필요했다.

"오히려 잘된 걸지도."

"뭐가요?"

"별거 아냐."

나태영의 말에 남궁혁이 느긋하게 웃으며 제 방에 짐을 내려놓았다.

호랑이를 잡으려면 호랑이 굴에 들어가야 한다.

그런데 그 사냥꾼이 사냥꾼인지 호랑이가 모른다면? 손님인 줄 알고 안심하고 있다면?

마교의 흔적을 쫓아온 거긴 하지만 금림상단은 남궁혁이 자신들까지 파고들 거라고는 절대 예상하고 있지 않으리라.

고작 애송이들. 자신이 마교의 지부라면 적당히 금진차를 쥐여 주어 의기양양하게 어깨를 펴서 돌려보내겠지.

반대로 그걸 이용하는 거다.

"그러면 슬슬 시작해 볼까?"

남궁혁과 일행들이 금림상단의 별채에 짐을 푼 시간.

각해명의 형이자 금화전장의 장주를 맡고 있는 각해평은 집무실을 떠나 금화전장과 금림상단이 함께 쓰는 장원으로 발을 들였다.

이 장원은 금림상단과 금화전장을 운영하는 각 씨 일족이 살고 있었다.

남궁혁들이 머물고 있는 별채가 바로 옆에 있는 그 장원이었다.

후원을 빠르게 가로지른 그는 곧바로 후원 가장 깊숙한 곳에 있는 아담하고 소박한 집으로 향했다.

"조부님, 접니다."

"들어오너라."

세월이 느껴지지만 아직 정정한 목소리로 허락이 떨어지자, 각해평은 조심스럽게 그 안으로 들어갔다.

그 안에는 칠순이 다 되어 보이는 노인이 앉아 있었다.

각해평과 각해명 형제의 할아버지이자 금화전장의 전전대 장주, 각태성이었다.

각해평은 조용히 문을 닫고 들어와 그 앞에 앉았다. 그리고 목소리를 낮추고 조심스럽게 입을 열었다.

"무림맹의 조사단이 왔습니다."

"조사단? 허어, 교의 일 때문이더냐?"

"예."

각태성은 그가 전해 온 소식이 마뜩잖다는 듯 흰 수염을 매만졌다.

"항주 지부의 조사라면 이미 적당히 잘 무마하지 않았더냐."

"비응각이 금진차의 행방을 알아낸 모양입니다. 무림맹의 천무대가 왔습니다."

"천무대라. 어린 아해들이겠구나."

각태성의 주름진 눈이 웃듯이 휘어졌다.

무림맹의 조사단이라고 해서 살짝 긴장했으나 천무대라면 서른 이하의 어린 후기지수들로 이루어진 집단.

공명심에 불타 여기저기 쑤시고 다닐 줄이나 알지, 이렇다 할 예리한 계획이나 직감은 없는 거라고 봐도 좋았다.

"그렇게 안심할 일은 아닙니다. 이번 천무대 조사단에 은태림이 끼어 있습니다."

"태림이가?"

노부의 눈살이 찌푸려졌다. 각해평이 말을 이었다.

"다른 젊은 녀석들과 달리 눈썰미와 감이 남다른 아이입니다. 우리와는 가족 같은 사이니 쉽게 상단이나 전장을 의심하진 않겠지만……."

각태성의 얼굴에 근심이 서렸다. 은태림의 특출한 감에 대해서는 그도 잘 알고 있었다.

"하는 수 없지. 금진차의 시신을 어찌 처리했더냐?"

"혹시 몰라 아직 그대로 보존해 두고 있습니다."

"그걸 미끼로 던져 주거라. 목표로 하던 것을 손에 넣으면 그 이상 찾을 생각은 안 하겠지."

"예, 알겠습니다."

"멍청한 놈. 목숨을 구했으면 천운인 줄 알고 멀리 달아나기나 할 것이지. 구태여 예까지 찾아오다니, 끌끌."

각해평이 고개를 숙였다. 각태성은 항주까지 쫓아와서 따지고 들던 금진차의 모습을 떠올렸다.

그에게 비무 대회 출전을 부추기고, 경비를 보태 주면서 괄목할 만한 성과를 거둘 시 제남금가에 지원을 아끼지 않겠다고 꼬드긴 것이 바로 그들이었다.

그들이 건네 준 단약을 영약인 줄 알고 먹었던 금진차는 나중에 자신이 먹은 것이 마환단이라는 것을 어렴풋이 깨달았다.

때문에 비무 대회가 끝나기도 전에 이 일을 따지러 항주까지 급히 달려온 것이다.

그놈만 아니었어도 그들이 그렇게 몸을 사리지는 않아도 될 텐데.

"각별히 주의하거라. 그 아이가 우리 일에 휘말리지 않아야 한다. 혹시라도 우리가 마교의 지부 중 하나라는 것을 그 아이가 알게 된다면 화를 면치 못할 것이야."

은태림을 입에 올리는 각태성의 말에는 애틋함이 배어 있었다.

"은성군의 손자가 아니냐. 본교만큼이나 우리 가문에 큰 도움을 준 집안이다."

"명심하고 있습니다. 저에게도 친아우 같은 녀석입니다."

"그리고."

각태성의 주름진 얼굴이 어둡게 물들었다. 각해평은 조부의 진중한 얼굴에 침을 꿀꺽 삼켰다.

그가 종이 한 장을 꺼냈다. 그리고 먹을 풀어 붓을 축축이 적셨다.

"해명이는 요새 어떻게 지내느냐. 상단의 일은 잘해 나가고 있겠지?"

말과는 전혀 다른 내용들이 종이 위로 미끄러지듯 써져 나갔다. 혹시 누군가 엿듣는 것을 막기 위함이었다.

그들은 무공을 딱히 익히지 않고 있어 전음도 불가능하니까.

우리 가문과 교와의 관계는 어디까지나 일에 불과
하다는 것을 명심하거라. 언젠가 기필코 우리 머릿속에
있는 혈폭충을 제거하는 방법을 찾아 그들의 손아귀에

서 빠져나갈 방법을 찾아야 한다.

이런 일이 한두 번이 아닌지, 각해평도 당황한 티를 내지 않고 능란하게 대응했다.

눈은 빠르게 붓 끝을 따라갔지만 표정은 태연하게, 목소리에는 흔들림이 없었다.

"예. 조부께서 직접 일을 가르치셨는데 아직도 걱정이 되십니까?"

"당연하지. 끌끌. 나는 아직도 너희들이 어린 아해 같단다."

조손간에 훈훈한 대화와 웃음소리가 이어졌지만 붓끝은 더욱 거칠어져 갔다.

　　나는 아직도 네 아비의 죽음을 잊지 않고 있단다. 전
　　장주님의 죽음에 대한 벌을 받았다 생각하고는 있지
　　만, 교를 용서한 것은 아니야.

이번 문장에서 각해평은 처음으로 침을 무겁게 삼켰다.

각태성의 아들이자 각해평, 각해명 형제의 아버지였던 이는 마교에 의해 죽임을 당했다.

온몸의 구멍에서 피를 뿜으며 죽어 간 아비. 그때 각해평은 고작 열 살이었다.

아버지가 마교의 손아귀에서 벗어나려다 들통이 났고, 그 때문에 머리에 심어 둔 어떤 벌레가 독을 내뿜어 죽게 되었다는 것을 안 것은 그의 나이 열다섯.

아비를 이어 머리에 흉측한 벌레를 심었지만, 마교를 벗어나겠다는 생각은 버리지 않고 있었다.

"마신녀에 대한 일은 어찌 되고 있느냐?"

"추적 중입니다."

"여태?"

그들은 마교에서 도주한 천마신녀 주아흔에 대한 얘기를 꺼냈다.

그녀가 항주로 흘러들어 왔다는 정보가 입수된 지 이틀.

금림상단과 금화전장의 힘으로 항주를 이 잡듯이 뒤지고 있지만 그녀의 행방은 묘연했다.

"짐작 가는 곳은 있습니다만, 그곳은 저희의 힘으로도 함부로 할 수 없는 곳이라…… 게다가 해명이의 눈에 띄지 않게 하는 것이 어렵습니다. 아시다시피 온 항주에 금림상단의 눈이 있지 않습니까."

각해평이 곤란한 듯 중얼거렸다.

"어떤 무리를 해서라도 마신녀를 잡아야 한다. 우리가 교의 비밀 지부의 중추를 맡고 있다지만 예전의 일로 신뢰를 많이 잃었으니까."

신뢰를 잃었다는 건 당연히 각태성의 아들 대 얘기였다.

"마신녀만 잡는다면 우리에 대한 신뢰를 회복할 수 있을 것이다."

그리고 우리도 잘하면 혈폭충에 대한 정보를 알아낼 수 있을지도 모른다.

각태성의 붓이 빠르게 움직였다.

그들이 혈폭충에 대해 알고 있는 것은 하나뿐이었다.

모충(母蟲)과 자충(子蟲)이 한 쌍으로 이루어져 있으며, 모충이 죽으면 자충도 죽는다는 것.

마교는 이런 방식으로 중원 무림에 있는 마교의 지부들을 관리했다.

각해평이 결의에 찬 얼굴로 고개를 끄덕였다.

"알겠습니다. 무리를 해서라도 마신녀를 반드시 손에 넣도록 하겠습니다."

"그래. 절대 생채기 하나 없어야 함을 명심하거라. 전장에는 별일 없겠지?"

각태성의 붓이 종이 끄트머리로 향했다.

그리고 이 일을 해명이가 알아선 절대로 안 된다. 마
교와 관련된 건 오직 우리 각 씨 가문의 장자들만 이어
받기로 했으니까.

"예. 별일 없습니다. 제가 알아서 잘하겠습니다."

각해평이 굳은 얼굴로 답했다. 겉으로 보기에는 전장의
일에 대해 답한 것 같겠지만 실제로는 각해명에 대해 답한
것이다.

이건 각태성이 마교의 힘을 빌어 금화전장을 손에 넣을
때부터 그들과 한 약속이었다.

반드시 장자만이 마교와의 결속을 이어받을 것.

각태성은 그것을 조건으로 자신을 단숨에 죽일 수 있는
벌레를 몸에 심는 것을 받아들였다.

일이 잘된다면 모를까 일을 그르칠 경우 집안에서 한 명
이라도 살아야 하지 않겠는가.

그 거래를 받아들인 후 정정하던 금화전장의 장주는 갑
자기 시름시름 앓게 되었다.

이후 마교가 유언장을 조작해 그는 장주의 딸과 결혼해
전장을 차지했다.

어렸던 각해평도 사건의 전말을 듣고는 자신 혼자 혈폭충을 받아들이는 것에 납득했다.

"그럼 이만 가 보겠습니다."

"그래."

각해평이 자리에서 일어났다.

그가 문을 나서자, 각태성은 필담을 나눴던 종이를 집어들어 방 한편에 타고 있던 화로에 집어넣었다.

글자가 잔뜩 써진 종이는 순식간에 타올라 재가 되었다.

* * *

금림상단의 별채.

무림맹 항주 지부에 다녀온 남궁혁은 팔짱을 낀 채 무거운 얼굴로 자리에 앉아 있었다.

그 앞에는 은태림과 팽천룡, 나태영이 앉아 있었는데, 은태림이 유독 답답하다는 얼굴로 한숨을 푹푹 내쉬고 있었다.

팽천룡이야 늘 그렇듯 무표정한 얼굴이었고, 나태영은 남궁혁과 은태림 사이에서 눈치를 보며 안절부절못하고 있었다.

지금 상황이라면 누가 봐도 남궁혁과 은태림 사이에 뭔

가 갈등이 생긴 것을 알 것이다.

'어, 어떡하지……?'

짧지 않은 여정 속에서 아주 가볍게라도 다툰 적 한 번 없는 그들이었다.

특히 남궁혁과 은태림은 서로 성격이 잘 맞는 편이라 그들을 보며 부럽다고까지 느낀 나태영은 지금 대립하는 두 사람 사이에서 어째야 할지 몰랐다.

사건의 발단은 한 시진 전.

그들은 짐을 풀고 별채 바로 옆에 있다는 무림맹 항주 지부로 향했다.

금진차의 행방에 대한 새로운 정보를 얻기 위해서였다.

처음에는 좋았다.

팽가의 소가주, 그리고 금림상단과도 친분이 있는 매화전장의 후계자가 왔다고 하니 항주 지부의 지부장이 버선발로 뛰쳐나왔으니까.

멋진 조원들 덕분에 나태영도 절로 어깨가 으쓱했다.

이때가 아니면 언제 나태영이 무림맹 항주 지부장에게 이런 대접을 받아 보겠는가.

그때까진 남궁혁도 괜찮았다. 그는 금진차가 코앞에 있는 항주까지 와서도 항주 지부 여기저기를 구경하는 여유로

움까지 보였다.

문제는 지부장이 금진차의 행방에 대한 정보를 내어 놓았을 때였다.

　　오늘 오전 금진차가 호저 삼거리에 위치한 약재상
　으로 들어가 나오지 않는 것을 확인함. 이전부터 수상
　쩍다는 제보가 들어왔었음.

단 두 줄의 정보.

손바닥만 한 종이에 적힌 글자들을 본 남궁혁의 얼굴이 눈에 띄게 굳어졌다.

그러곤 당장 출발하자는 은태림을 만류해 다시 별채로 돌아온 것이다.

오는 내내 설전이 이어졌다.

무림맹 항주 지부에서 우리들을 위해 조사까지 다 해 놨는데 왜 안 가느냐, 이러다가 금진차가 도주하면 어쩌냐, 그러면 다 네 책임이 된다.

계속되는 은태림의 설득에도 남궁혁은 표정을 굳히고 별채로 들어왔다.

그리고 문을 닫고선 한 마디 했다.

'안 돼.'

남궁혁이 이렇게 단호하게 뭔가를 거절하는 건 처음이었다.

이유도 설명해 주지 않고 안 된다고만 하니 은태림은 속이 터지고, 결국 이런 상황까지 오게 된 것이다.

나태영이 생각하기에도 은태림의 말이 옳았다.

비응각과 항주 지부가 열심히 찾아낸 금진차의 행적이 아닌가.

항주 지부에서 직접 칠 수도 있는데 그들에게 정보를 넘겨준 건, 전방으로 가지 못하는 천무대를 위해 공을 세우라고 무림맹에서 차려 놓은 밥상이라는 뜻이었다.

나태영도 그 정도는 알았다. 그런데 이 맛깔난 밥상 앞에서 입맛만 다시고 있다니?

"왜 그러는지 이유라도 말해라. 그래야 태림이 납득할 것 아니냐."

침묵을 지키고 있던 팽천룡이 입을 열었다.

남궁혁은 마뜩찮은 얼굴로 팽천룡 쪽을 돌아보았다.

말을 할 수 있었으면 진작 했겠지.

"그래. 왜 그러는지 말이라도 하라고."

은태림도 거들었다. 더 이상 침묵만으로 이들을 붙잡아 두긴 어려웠다.

남궁혁이 한숨을 푹 내쉬었다.

이게 진짜가 아니라는 걸 어떻게 잘 돌려서 얘기한담.

무림맹이 준 정보는 가짜였다.

엄밀히 말하면 완전히 가짜는 아닌데, 정황상 가짜라고 하는 게 맞으려나.

이전 삶에서 금화전장을 칠 때, 무림맹의 고수들도 이 함정에 빠졌었다.

무림맹이 알려 준 약재상은 금화전장의 수많은 꼬리 중 하나로, 그중에서도 정말 연관성을 찾기 어려운 가게였다.

이전 생의 무림맹도 그 꼬리 자르기에 당해서 얼마나 허탕을 쳤는지. 이번에도 마교가 자신들에 대한 추적을 단념시키려고 적당한 먹이를 던져 준 게 틀림없었다.

그걸 알면서도 굳이 조작된 정보에 넘어갈 이유는 없다.

그렇지만 이걸 어떻게 말한단 말인가. 진짜로 자신이 천기를 좀 본다고 할 수도 없고.

"그냥. 못 믿겠어."

"뭐? 그런 한심한 말이 어딨어?"

스스로 말해 놓고도 터무니없는 변명이었다. 은태림이 짜증스럽게 답할 만도 했다.

그렇지만 정말 마땅히 생각나는 게 없었다고.

"무림맹의 정보를 안 믿으면 뭘 믿을 건데?"

"수상쩍은 걸 어쩌라고."

"항주 지부의 정보는 금림상단의 사람들이 제보하는 것도 꽤 많아. 내 가족이나 다름없는 사람들의 말을 못 믿겠다는 거야?"

"그렇다면 더 못 믿어. 전문 정보원에게서 나온 게 아니라는 거잖아."

"지금 말 다 했어?"

"그럼 내 말은 틀렸고?"

"야, 남궁혁!"

은태림의 말이 격해졌다. 그로서는 화를 낼 만한 사안이었다.

다른 일이었다면 그도 남궁혁의 의심에 어느 정도 동조했겠지만, 이건 평생 가족처럼 지내 온 이들도 얽혀 있는 일이니까.

하지만 은태림이 그렇게 말했기 때문에 남궁혁의 의심은 확신이 되었다.

금림상단과 금화전장이 정보망에 끼어 있다면 이것은 십할의 함정이다.

그렇기 때문에 더더욱 은태림에게는 사실대로 털어놓을 수 없었다.

남궁혁이 그래도 침묵한 채 부동을 고수하자 은태림이 자리에서 벌떡 일어났다.

"좋아. 네가 못 믿겠다면 나 혼자라도 거기 가 보겠어."

"앉아, 은태림."

"싫어. 네가 네 멋대로 하는데 나라고 내 멋대로 하지 말란 법 있어?"

"대주로서 명령이야, 앉아."

남궁혁이 보기 드물게 묵직한 목소리로 내뱉었다.

순간 나태영은 남궁혁이 그들과 또래의 청년이 아닌, 원숙하고 노련한 중년의 고수 같다고 생각했다. 말을 거역하기 어렵게 느껴지는 까마득한 어른 같았다.

은태림은 입술을 깨물며 불만 어린 표정으로 남궁혁을 바라보았다. 그렇지만 자리에 앉지는 않았다.

"천룡. 너는 어떻게 할 거야? 설마 너도 무림맹의 정보를 못 믿겠다는 말을 하진 않겠지?"

은태림이 팽천룡에게 도움을 구했다. 팽천룡은 팔짱을 낀 채 나직이 말했다.

"못 믿는 건 아니지만 우리의 대주이자 조장은 혁이다. 나는 그의 말을 따를 거다."

"와, 진짜. 천룡 너까지!"

나태영이 움찔했다. 팽천룡이 거절했으니 그다음 대상은 자신일 게 빤했다.

"태영! 넌 어쩔 거야?"

"저, 전……."

역시나. 화살이 그에게 돌아왔다.

그래도 아직 소심함을 다 벗지 못한 그는 은태림과 남궁혁을 불안한 눈으로 번갈아 보았다.

남궁혁을 숭배하다시피 하는 나태영이지만 무림맹의 정보를 못 믿는 그의 모습은 좀 이상했다. 게다가 오면서 은태림과도 많이 친해진 상태라 쉽게 거절하기도 어려웠다.

'그렇지만…….'

그러나 나태영이 우물쭈물하는 사이 열 받은 은태림이 빠르게 일을 진행했다.

"좋아, 이렇게 하자. 나는 태영이라도 데리고 가서 거길 뒤져 보겠어. 너는 네 맘대로 해. 팽천룡 너도. 그럼 되겠지?"

"안 된다니까."

"일어나, 태영아. 가자!"

은태림은 남궁혁의 만류를 듣지 않고 문을 박차고 나가 버렸다.

휑하니 열린 문과 한숨 쉬는 남궁혁을 번갈아 보던 나태영도 눈치를 보다가 슬금슬금 일어났다.

"저, 다녀오겠습니다."

남궁혁은 답할 기력도 없는지 한숨만 연신 내쉬었고, 팽천룡이 다녀오라고 나직이 답해 주었다.

"그래, 차라리 이편이 더 나을지도 모르겠네."

텅 빈 은태림과 나태영의 자리를 보며 남궁혁이 중얼거렸다.

그들 중 일부는 움직여 줘야 의심을 안 살 테니까.

어차피 거기 가 봤자 허탕일 게 빤하긴 했다. 아마 금진차는 다른 데 빼돌려 놨겠지.

그러면 은태림이 약재상을 뒤지고 있는 동안 남궁혁은 금화전장의 동태를 살펴 본거지를 찾으면 되리라.

생각을 정리한 남궁혁이 팽천룡 쪽을 바라보았다.

"넌 정말 안 따라가도 괜찮겠어? 태림 저 녀석, 좀 삐진 거 같은데."

"괜찮다. 나는 널 믿는다."

팽천룡은 표정 하나 바꾸지 않고 낯부끄러운 소리를 해 댔다.

이 녀석이야말로 뭔가 신기 같은 게 있는 게 아닐까? 그렇지 않고서야 이렇게 전적으로 날 믿기는 어려운데.

"진심이야? 내가 무슨 짓을 해도 따라올 거야?"

"부대주로서 대주를 따르는 것은 당연한 일이다."

팽천룡은 개의치 않는다는 태도였다. 남궁혁이 마교의 근거지를 캐겠다며 도박장에 들어가도 아무렇지 않을 것 같았다.

최고의 후기지수이자 몇 안 되는 친구 중 하나가 이런 무한한 신뢰를 보여 주는데 기쁘지 않을 수가 없다.

남궁혁은 피식 웃고는 자리에서 일어났다.

"좋아. 그러면 따라와."

팽천룡도 남궁혁을 따라 일어났다.

남궁혁은 방을 나와 어디론가 향했다. 밖으로 가는 건 아니었다. 남궁혁이 향한 건 계단이었다. 그들이 머물고 있는 별채의 계단.

삼 층까지 올라가 창문을 열자 주변이 한눈에 들어왔다.

남궁혁은 그중 하나에 걸터앉았다. 금화전장이 보이는 방향이었다.

"여기서 뭘 할 거지?"

"기다릴 거야."

"무엇을?"

"뭐겠어. 수상한 움직임이지."

그러나 남궁혁의 모습은 뭔가를 감시하는 사람보다는 한가로이 부는 바람과 화려한 항주의 거리, 그리고 저 멀리 보이는 아름다운 호수를 구경하는 풍류객 같았다.

'방에 악사와 춤추는 기녀들만 있으면 딱이겠군.'

팽천룡은 그렇게 생각하면서도 남궁혁을 따라 옆에 있는 창가에 걸터앉았다.

창밖은 평화로웠다.

금화전장에는 돈을 빌리려는 사람들과 돈을 갚으려는 사람들이 줄지어 서 있었고, 사람들은 다소 불안한 얼굴로 전장 안에 들어갔다가 웃으며 밖으로 나왔다.

돈을 빌릴 수 있을까, 혹은 기일이 다 됐는데 돈이 부족하니 어쩌지 걱정하던 사람들이 좋은 소식을 듣고 나오는 것이다.

팽천룡도 은태림과 함께 이곳에 방문한 적이 왕왕 있었다. 때문에 금화전장이 어떤 곳인지 잘 알았다.

항주 최고의 금력. 그러면서도 서민에게는 어느 정도 융통성을 발휘하는 전장.

무림맹 및 정파 문파들과도 친분이 두터워 흑도 세력이나 관가와 크게 마찰도 없고, 어려운 이들에게 곧잘 돈을 빌려주고 갚기 어려우면 일을 알선해 주는 식으로 수금을 하기 때문에 민간의 지지도 대단하다.

금림상단이 이 치열한 항주 상권에서 빠르게 성장한 이유는 단순히 금화전장의 금력뿐은 아닌 것이다.

그런데 여기서 무슨 수상한 움직임이 생긴단 말인가.

그때 남궁혁과 팽천룡이 동시에 고개를 돌렸다.

한 무리의 사람들이 금화전장의 후원에서 빠르게 담을 넘어 거리로 사라지고 있었다.

"쫓아가자!"

"금화전장의 사람들을?"

팽천룡답지 않은 당황한 목소리였다. 남궁혁은 창틀을 손으로 짚은 채 뒤를 돌아보았다.

"나를 믿는다며?"

팽천룡은 남궁혁의 확신에 찬 눈과 시선을 맞췄다.

신기하게도 녀석에게는 기이한 분위기가 있었다.

천기를 본다는 무당이나 소림의 노신선, 고승들에게나 보이는 확신에 찬 기색이.

그게 팽천룡이 남궁혁을 믿고 별채에 남아 있던 이유였다.

"좋다. 가자."

두 사람이 빠르게 신형을 쏘았다.

삼 층에서 떨어져 내린 두 사람은 곧바로 장원의 지붕들을 밟으며 금화전장에서 나온 사람들을 신속하게 쫓아가기 시작했다.

* * *

한편 은태림은 화가 잔뜩 난 발걸음으로 호저 삼거리 쪽으로 가고 있었다.

항주에 한두 번 와 보는 게 아니었으니 길을 잃을 염려야 없었다. 그렇지만 마교의 지부를 수색하러 간다고 하기에는 너무 거침없는 움직임에 나태영이 어쩔 줄 모르며 그 뒤를 따라갔다.

사실 은태림은 남궁혁도 남궁혁이지만, 팽천룡에게도 화가 났다.

아무리 팽천룡이 남궁혁을 마음에 들어 한다고 해도, 자신이랑 친구로 지낸 세월이 몇 년인데!

화를 내고 뛰쳐나가면 어떻든 자기 뒤를 따라오겠거니 했는데 정말로 남궁혁과 함께 있을 모양이었다.

원래 이런 것 갖고 꽁하는 성격이 아닌데, 남궁혁이 금림상단과 금화전장의 사람들을 믿을 수 없다고 한 것 때문에 단단히 심보가 꼬인 모양이었다.

"쳇, 몰라. 내가 금진차를 잡아 가면 둘 다 아무 말 못하겠지."

은태림이 투덜거리며 기척을 죽였다. 뒤따라가던 나태영이 놀라 눈을 동그랗게 떴다.

지금 은태림이 선보인 건 화산의 매영보였다.

흩날리는 매화 꽃잎의 그림자처럼, 이 세상에 분명 존재하나 누구도 그것을 본 적은 없는 것 같은 걸음걸이.

지난번 만났던 자무군주의 금영보처럼 극도로 기척을 줄인 보법으로, 이 매영보는 누군가를 미행하거나 몰래 도망치기에 적격인 보법이었다.

은태림의 무공 실력이 천재 수준은 아니었다. 그렇지만 그는 전장을 이어받기 위해서 유용한 무공은 철저하게 수련했다.

그중 하나가 바로 이 매영보였다.

전장의 후계자란 목숨이 위험한 상황이 평범한 사람들에 비해 자주 발생하니까.

나태영 또한 은태림을 따라서 기척을 죽이고 뒷골목으로 접어들었다.

검을 지닌 사람들이 대놓고 앞을 지나가면 약재상에 있는 마인들이 경계할 수도 있었다.

『이쪽으로.』

호기심이 넘치던 시절 항주의 뒷골목을 쏘다녔던 실력이 어디 가지 않았는지 은태림이 이리저리 복잡하게 얽힌 골목 속으로 나태영을 이끌었다.

이윽고 그들은 약재가 잔뜩 널려 있는 한 가옥의 뒷마당에 도착했다.

『호저 거리의 약재상이면 여긴데.』

은태림이 주변을 돌아보며 위치를 확인했다.

그런데 이상한 점이 있었다. 약재상 안에서 기척이 전혀 느껴지지 않았다.

설마 벌써 눈치를 채고 전부 정리했나?

그럴 가능성도 높았다.

항주 지부가 정보를 입수한 건 오늘 오전. 벌써 몇 시진이 지났다.

언제나 도주를 염두에 두고 있는 비밀 지부가 장소를 정리하기엔 충분한 시간이다.

'젠장. 혁이 그 녀석이 괜히 뻗대지만 않았다면 잡았을지도 모르는데.'

『아무도 없는 것 같아. 들어가자.』

은태림이 나태영에게 전음을 보내며 뒷문을 슬그머니 밀었다. 문은 잠금장치 하나 채워지지 않았는지 스르륵 열렸다.

문을 열자마자 은태림이 인상을 찌푸리며 코를 꽉 잡았다. 나태영도 덩달아 코를 잡으며 코맹맹이 소리로 물었다.

"도, 독인가요?"

"아니. 독은 아니고 냄새가 지독한 약재 몇 개를 태운 냄새 같은데."

은태림은 안으로 들어가며 천천히 손을 놓았다. 냄새의 원인을 찾았다. 화로에서 약재 탄 흔적이 남아 있었다. 나태영은 다른 방을 뒤졌다.

하지만 은태림의 찌푸려진 미간은 풀어질 줄을 몰랐다. 약재 태운 냄새 속으로 이상한 냄새가 났다. 탄내로도 숨길 수 없는, 문자 그대로 지독한 냄새.

"헉……!"

저쪽 방으로 간 나태영이 숨을 들이켰다.

"무슨 일이야?"

"태, 태림 형…… 이 사람 금진차 아니에요?"

나태영은 마치 귀신이라도 본 듯한 얼굴로 은태림에게 달려왔다. 금진차라고? 은태림은 나태영이 나온 방으로 들어가 보았다.

그곳에는 두 구의 시체가 있었다.

은태림은 자리에 주저앉아 시체를 살폈다. 그중 하나는 분명 금진차였다. 비무 대회장에서 이 얼굴을 스쳐 지나간 기억이 났다. 그리고 무림맹이 나눠 준 용모파기와도 일치했다.

다른 한 명은 모르는 사람이었다. 다만 복색으로 보아 약재상의 주인이 아닐까 싶었다.

오늘 오전까지만 해도 살아 있던 금진차가 이렇게 죽어 있다니…….

은태림은 허탈한 듯 혀를 찼다.

〈다음 권에 계속〉